봄날의 시집

미래의 손

차도하 지음

봄날의 시집

봄날의책

일러두기
　　한 편의 시가 다음 면으로 이어질 때 연이 나뉘면 여섯 번째 행에서,
연이 나뉘지 않으면 첫 번째 행에서 시작한다.

내가 할 수 있는 말과 내가 할 수 없는 말을 구분하는 데 지쳤다. 무엇이든 다 말해버리고 싶고, 아무것도 말하고 싶지가 않다. 그러나 무엇이든 다 말하려다가도 문득 입을 다물게 되는 순간이 있고, 아무것도 말하지 않으려다가도 불쑥 말이 튀어나오는 경우가 있다. 나는 어떻게든 말하게 될 것 같고, 어떻게든 말하지 못하게 될 것 같다. 막막하다. 너무 좁은 방에서 너무 많은 물건을 정리하고 있는 기분이다. 그럼에도 불구하고 물건들을 이리저리 옮겨보고 싶다. 잠깐이더라도 마음에 드는 배치를 발견하고 싶다.

* 차도하, 『일기에도 거짓말을 쓰는 사람』(위즈덤하우스, 2021)에서 재수록.

차례

입국 심사

천국은 외국이다. 어쨌든 모국은 아니다. 모국은 우리나라도 한국도 아니다. 천국에 살고자 하는 사람들은 입국할 때 모든 엄마를 버려야 한다. 모국을. 모국어를. 모음과 자음을 발음하는 법을. 맘-마음-맘마를. 먹으면 되는 것과 안 되는 것을. 밥그릇을. 태어나고 길러진 모든 습관을.

살아가며 했던 모든 말이 적힌 책을 찢어 파쇄기에 넣는다. 나풀나풀 얇은 가루가 된 종이를 뭉쳐 날개를 만든다. 날개를 달면 거기 적혔던 모든 말을 잊어버린다.
날고 싶은 방향으로 날아간다.

그 장면을 우연히 보게 된 사람들은 천사를 보았다 말하겠지만
천국의 주민들은 천사라는 단어를 모른다.
그것은 깃털의 일부가 되었을 따름이고 다른 단어와 같은 무게를 지녔다.

때로는 아무것도 버릴 게 없는 경우도 있다. 가진 게 없거나 이미 버리고 온 사람들.
울지 않는 아기. 비쩍 마른 노인. 머리가 산발이 된 여자.
버릴 게 생기면 다시 오세요.
천국은 그들의 머리를 떼어 지상으로 힘껏 던진다.

비가 오려나.
어떤 사람이 물방울을 맞았다.
그날 비는 오지 않는다.
그래서 한 사람이 다시 태어난다.

물방울을 맞은 사람이 낳을 수도 있고 아닐 수도 있다.

나는
천국에 갈 것이고 이 시도 파쇄기로 들어갈 것이다.
그러나 시를 쓸 것이다.
많이 쓸 것이다.

오늘의 구름은 양떼구름
외국에서는 물고기의 비늘이라고 부른다.

그래, 천국에서는 하늘과 초원과 바다가 섞여 있지만
그래도 양과 물고기는 있다.

양몰이 개와 그물은 없다.

동반자

　사랑 기계에 두 사람을 넣었더니 두 사람은 한 사람이 되어 돌아왔다. 상대방은 어디 갔나요. 내가 묻자 그는 고개를 갸웃한다. 상대방은 어디 갔나요. 내가 다시 묻자 그는 이번엔 고개를 젓는다. 상대방은 어디 갔나요. 내가 또다시 묻자 그는 이번엔 고개를 끄덕인다. 상대방은 어디 갔나요. 내가 마지막으로 묻자 그는 나를 가만히 응시할 뿐이다.

　그는 말이 없었다. 씻기도 하고 밖에 나가기도 했지만 밥을 먹지 않고 말을 하지 않았다. 나는 그를 의사에게 데려갔다. 그가 말하지 않아서 상담은 무산되었고 그는 안정제를 처방받았다. 그는 처방받은 안정제를 그날 밤 모두 삼켰고 그날 새벽 그대로 토했다.

　나로서도 실험체가 사라졌으니 곤란한 일이라 그동안 사랑 기계를 분해하고 재조립해보기도 했다. 약간의 검은 찌꺼기가 나왔는데 기름때였고 작동에 문제 될 정도는 아니었다. 사라졌을 리는 없으니 가능성은 단 하나겠군. 나는 외출을 마치고 연구실로 돌아온 그에게 말했다. 아무래도 당신과 합쳐진 것 같아요.

그는 단숨에 물을 한 잔 마시고 또 한 잔을 더 따라 의자에 앉았다. 그러고선 허공을 보고 물었다. 왜요?

왜라니, 무슨 의미죠?

내가 되묻자 그는 이번엔 나를 보고 물었다.

왜 그가 아니라 내가 남았나요?

그건 당신이 더 잘 알겠죠.

내가 말하자 그는 다시 허공을 바라보았고 리듬 없이 물잔을 두드리기도 하다가 눈을 감았다. 그의 이마에 땀이 맺혀 있었다.

뭘 하고 왔나요?

사랑이요.

사랑 기계에서 말고요. 왜 외출했죠?

그를 찾으러 갔어요.

어디로?

온 세상을 돌아다녔어요.

사랑 기계에는 두 사람 이상이 들어가야 합니다만……
당신이 그와 합쳐진 상태라면 혼자 들어갈 수도 있겠군요.
나는 사랑 기계의 문을 열었고 그는 어떤 고갯짓도 어떤 대
답도 하지 않고 그 안으로 들어갔다. 나는 문을 닫고 동작
버튼을 눌렀다. 며칠이 지나도 몇 달이 지나도 문은 열리지
않았다. 나는 새벽에 이따금 사람이 우는 소리를 듣고 깼는
데 깨고 나서 가만히 들어보면 동네의 고양이가 내는 소리
를 착각한 것 같기도 했다.

　일 년째 되는 날 나는 사랑 기계를 분해했다. 저번에 분
해했을 때보다 검은 것이 더 끼어 있었지만 역시나 결함이
생길 만한 문제는 아니었다. 부품들을 깨끗이 소독하고 다
시 사랑 기계를 조립하려 하는데 조립법이 생각나지 않았
다. 보관해두었던 도면을 꺼내 펼쳐봤지만 이해되지 않았
다. 나는 기계가 있던 자리에 무덤처럼 쌓인 부품들을 할
말이 있는 사람처럼, 혹은 할 말을 다 잃은 사람처럼 가만
히 응시했다.

세련

이국적인 문양을 갖고 있는 접시를 잘 닦아서 유리장 안
에 넣어놓듯이 시를 쓰세요

그녀의 시 선생님은 그렇게 말했지만 그녀는
방치된 공원의 쓰레기통 같은
오래된 병원에서 재사용하기 위해 주사기를 모아놓는
상자 같은
질염 찌꺼기가 가득한 보지 같은 시를 쓰고 싶었다

요즘 젖가슴이라는 말을 누가 쓰나요?
중년 남성이 쓴 시를 놓고 트위터 사람들이 욕을 하고
있었고
그녀는 자신의 시에 젖가슴을 쓰기로 결심했다

모유가 나오지 않는 엄마의 젖가슴을 악착같이 빨던 그
때처럼
아직도 자신의 젖가슴이 얼마만 한지 모르고 작은 브래
지어를 입는 할머니처럼
부드러움이라곤 모르고 젖가슴을 마구 주물러대던 남자
친구처럼

그녀의 시를 합평할 때는 선생님도 학생들도 난감해 보였다
도발적이네요, 하지만 이게 꼭 필요한 표현일까요, 누구누구의 시를 읽어보셨나요,
그런 말이 오가다가
어떤 학생이 결심했다는 듯
이건 이미, 끝난 시예요
이렇게 말했을 때

유리장에 금이 갔다

하지만 그녀는 유리장 따윈 가져본 적이 없었다

그녀는 시 수업이 끝날 때까지 개근했다
사람들이 추천한 세련된 시집을 사서 읽어보았다

좋아해보려고 했지만 잘 안됐다

세련된 시집에는 빛이 너무 많이 나와서 눈이 멀 것 같았다

쉘 위 댄스

빛을 죽이고 돌아가는 길에 나는 자주 넘어졌다 보이지 않았기에 만져야 했는데 더듬어도 가늠되지 않는 사물들, 손이었다가 나무였다가 벽이었다가 문이고 절벽인 사물들을 만나면 이리저리 부딪히다 넘어지는 수밖에 없었다

온 세상에 빛이 없었으므로 모두가 나처럼 이리저리 부딪히고 굴러다녔다
먼저 눈멀어본 적 있는 자들이나
눈이 없는 동물들과 식물들은 고요히 웃었을까
함부로 가늠하지 않기
빛이 없어진 후로 나는 그런 것을 배웠으므로
상상 속의 웃음이 멎었다

그렇지만 어둠 속에서도 춤을 추는 사람은 춤을 출 것이다
손을 뻗는 자리가 막혀 있고 발을 디딘 곳이 푹 꺼져도

이런 것은 상상해도 좋지
부드러워진 상처처럼
아프고 사랑스럽지

빛이 있으라, 빛이 있으라……
중얼거리는 사내의 손을 잡고
없어도 돼요
나는 춤을 추기 시작했다

누군가 넘어질 것 같을 땐 맞잡은 손에 힘을 줬다

따듯한 피 냄새가 났다
따듯한 젖 냄새 같기도 한

배급

아침이 되면 아침이 되고
사람들은 무료 급식소에 줄을 선다

급식소라고 해봤자 커다란 냄비와 쌓여 있는 작은 냄비
국자로 냄비 안의 것을 길어 올리는 늙은 여자 하나가
전부다

말이 냄비 안에서 끓고 있다

여자는 딱 한 국자씩만 푼다
끓고 있는 말은 무한하니까 동날 일은 없지만
딱 한 국자씩만
첫 번째로 온 사람에게 배급된 말은

밤, 아침, 없어요, 카피바라, 아니, ?, 우리, 민첩, 파이팅,
종이, 고무줄, 하다, 되다, 유치, 돌, 호각, 매일, 걸, 넘기다,
미안하다, 싫다, 잠, 숲, 빵, 굴, 굶다, 3, 체력, 녹다, 미, 달
려라, 밝다, 어떻게, 현대, 파도, 짐승, 건너다, 상설, 뛰다,
펜, 되새김질

겹치는 의미가 여러 개 포함되어 있지만 아주 우수한 식사다

긍정 대답은 없지만 부정 대답을 두 번 해서 긍정을 표시할 수 있다 — 아니, 아니.

물음표가 있으므로 의문을 제기할 수 있다

숫자는 하나만 먹어도 모든 숫자를 먹은 것과 동일한 효과를 가진다

그러나 가장 좋은 것은 기록할 수 있다는 것

종이와 펜을 알게 되었으므로

그는 언젠가 자신과 같은 단어를 먹게 될 사람들을 위해서

짧은 시를 남겼다

밤 아침 밤 아침?

매일?

아니

밤 밤

아침 아침

매일 없어요

다른 단어도 쓸까 했지만 전할 수 있는 의미는 똑같을
것 같아서 그는
　시를 다 쓰고
　사과하고 싶은 사람에게 미안하다고 말하러 갔다

　그 사람이 괜찮다는 말을 가지고 있지 않아서 용서받지
는 못했다

왼쪽의 일

왼쪽에서 일어난 일은 왼쪽의 일로 두기로 한다. 나는 지금 오른쪽에 있다. 오른쪽에서 출간된 소설을 읽고 있고, 그 소설은 적당히 예상하기 쉽고 적당히 반전이 있어서 읽기에 적당했다.

도서관은 조용하고, 책들은 제자리에 꽂혀 있다.

만약 시끄러운 도서관이 있다면……
나는 그런 상상을 하지 않기 위해 조심한다. 조심해서 나쁠 건 없고, 조심한다고 해도

도서관에서 나올 때 칼을 들고 대기하고 있던 사람을 막을 순 없었다.
나를 기다리고 있었던 건 아니었다. 아무나

아무나 한 놈만 걸려라, 그런 생각이었다고 한다.
그런 범죄는 막을 수 없다고,
오른쪽의 사람이 입을 모아 말했다.

왼쪽에서 일어난 일은 왼쪽의 일로 두기로 한다.
나는 지금 오른쪽에 있나?
칼이 배에 꽂혀 있는데 뺄 수가 없다.

독서 유예

하지만 나는 칼로 다른 사람을 찌른 적 없다 하지만 없어 하지만 없다고 하지만 없다는 게 내 삶에서 얼마나 중요한 건지

알아? 알고 있어? 알고 있었어? 나도 칼을 들고 거리를 활보하거나 알몸으로 수영을 하고 싶었어 하다 못해 버스 안에서 큰 소리를 지르면서 야, 야! 이 새끼야 뭐라 그랬어 뭘 봐 구경났어 하고 싶었다 하지만 난 그런 사람이 아니야 그런 사람 그런 삶 그런 짓을 하지 않기 위해서 나는

도서관에 불을 지르는 상상을 하면서 책을 읽고 있다 이 도서관은 곧 폐관될 것이라고 한다 도서관이 폐관되면 이 많은 책들은 어디로 가지? 도서관이 폐관되면 나는 어디로 가지? 아빠가 또 칼을 휘두르면 나는 어떻게 하지? 아 결국

아빠 이야기를 해버렸어요 그렇구나 결국 아빠 때문이 었구나 내가 책이라면 사람들이 여기서 책장을 덮겠죠

나를 펼쳐주세요 나는 줄줄 흐르고 싶어요 강이 될래요 바다가 될래요 마그마가 될래요 마그마를 피하기 위해서 는 마그마를 등지지 말고 마그마를 보고 도망쳐야 한다고 한다

알아 알고 있어 알고 있었어 나는 마그마가 아니고 아무도 내게서 도망치는 법을 익히지 않아도 되지 나는 줄줄 흐를 수가 없지

나는 고체다 사람은 고체다 삶은 고체다 태어날 때부터 모양이 결정된

모든 책의 판형을 바꾸고 싶다 가로가 아주 길고 세로가 아주 짧은 책을 만들고 싶다 줄바꿈이 불가능한 책을 그것은 뱀 같겠지 아니 뱀보다 훨씬 길겠지 줄자보다도 훨씬 길다

나는 그런 책으로 세상의 둘레를 재고 싶다 그러니까 내가 작가라면 계속 쓸 것이다 그러면 세상이 이 정도 길이인가 싶다가도 문장이 아직 남아서 계속 잴 수 있으니까 계속

남아 있고 싶다 이 도서관이 철거되는 날에도 이 자리에 앉아서 책을 읽을 것이다 나는

너를 인용하기

너는 인용을 하고도 주석을 달지 않는다 모든 말이 인용이기 때문에

나는 모든 말에 주석을 달고 싶다 본문보다 주석이 긴 책을 쓰고 싶다 단 한 문장을 쓰고 주석을 달고, 주석에도 주석을 달고, 그런 방식으로 영원히 이어지는 책

그러나 그것이 세계라서 나는 굳이 책을 쓸 필요가 없었고 다만 살면서 너의 책을 읽는 것으로도 충분했다

그렇지만 나는 너에 대해서라면 쓰고 싶지

초록이라고 말하면
나는 풀을 먼저 떠올리고
너는 비상구를 먼저 떠올린다

너는 모든 것을 사랑이라고 부르기를 싫어하지만
대부분의 시를 사랑시로 분류한다

소설과 에세이를 평등하게 대하며
에세이를 써달라고 하면 소설을 쓰고 소설을 써달라고 하면 에세이를 쓴다

토마토를 좋아한다

너는 너의 소중한 것을 잃을까 봐 두려워하고
동시에 너의 소중한 것을 누군가 훔쳐 가길 바라지

내가 훔쳐 가고 싶다

사람이 북적한 대형 마트에 가면 뭔갈 훔쳐 가도 모를
것 같다 예컨대
토마토를 주머니에 슬쩍 넣고 나가면 어떨까
매대에는 내가 모르는 토마토들이 종류별로 분류되어
있고 나는 너에게 줄 것도 아닌데 너를 생각하며 토마토를
샀다

토마토의 초록 꼭지를 떼며 풀이 아니라 비상구를 떠올
렸다

빈집

그 개는 당신의 마음이 되기 위해 달리는 것이 아니고 그 빛은 당신의 어둠이 되기 위해 내려앉은 것이 아니며 그 새는 세상을 뜨지 않고 그저 하늘을 나는 것입니다. 그 러나 당신이 아무것도 만지지 않고 더 이상 깨끗하게 닦을 수도 없는 흰 접시를 바라보고만 있을 거라면

거기에 샐러드를 좀 담아도 될까요?

나의 친구들은 어느 날 모여서 채소 하나씩을 가져와 샐 러드를 만들기로 했습니다. 무엇을 사는지는 비밀에 부치 고 가져온 재료를 모두 넣기로 약속했어요. 모두가 양상추 를 가져온다면, 그런데 아무도 가져오지 않는다면,

그런 생각을 하다가 모두가 양상추를 가져와버렸습니다.

너희들이 그럴 줄 알았지.
한 친구가 승리한 듯 웃으며 딸기 한 팩을 꺼냈고

아니야, 우리들은 너를 믿은 거야, 너라면 보통은 샐러 드에 안 넣는 걸 들고 올 줄 알았으니까 양상추를 들고 온 거라고.

보통 딸기는 샐러드에 안 넣나?

안 넣지.

안 넣지.

안 넣지.

   사실 난 넣는데 안 넣지, 라고 대답했지. 우리는 웃었지. 그러니까 나는 누가 더 이상 깨끗하게 닦을 수도 없는 흰 접시를 바라보고 있으면. 딸기 샐러드를 대접하기로 했다. 좀 웃기는 맛이죠. 안 웃긴가요. 웃기지 마세요. 웃지 마세요랑 웃기지 마세요 중에서 웃기지 마세요가 더 웃기는 말이죠. 당신이 웃다가 울다가 아무것도 아닌 표정이 되기 위해 이 접시를 샀다면. 나에게 파세요. 그 값으로 시답잖은 농담을 해드리겠습니다. 당신이 떠난 빈집에서 이야기했습니다.

풍경 벗어나기

나는 개였다 공원이었다 밤이었다 개에겐 유기가 어울리고 유기엔 공원이 어울리고 그것들엔 밤이 어울렸으므로 나는 그저 꿈에서 깰 때까지 공원을 쓸쓸히 배회하면 되었는데 네가 공원을 걷고 있었다 나는 그런 것을 상상한 적이 없는데 너는 주머니에 손을 넣고 시선을 아래로 둔 채 걸었다 걷다가 벤치에 앉아 다리를 떨었다 여러 개로 나뉜 기다란 너의 그림자 나무와 섞인 그림자 그것을 한참 바라보자 문득 이해가 허물어졌다 그것이 이해했다는 뜻인지 이해하지 못했다는 뜻인지 구분하지 못한 채로 꿈 또한 허물어졌다 그러나 꿈이 허물어진다고 현실이 곧바로 준비되어 있는 것은 아니었다 준비되지 않은 현실에선 눈이 나리고 있었고 나는 입을 벌려 눈을 받아먹었다 새로운 풍경을 보고 싶었지만 새로운 풍경은 나를 보고 싶지 않아 했다 나는 사람들이 으레 그렇듯이 아무도 밟지 않은 눈 덮인 길을 걸어보았다 걷다 보니 나는 조금씩 개가 되었고 나리는 눈이 행복하고 좋았다 너의 꿈속이 아니길 바랐다 바라지도 않았다 나는 네 발로 내게 어울리는 것에서, 나의 곁에서, 너에게서 달려나갈 준비가 되어 있었다 힘차게

부고

여름이 죽었다. 그 부고는 날이 선선해져서 이제 슬슬 여름이 끝나가는구나, 하며 얇은 카디건을 챙겨 입는 도중, 오래 연락하지 않던 지인이 문자를 보내주어 알게 되었다. 끝나간다고는 생각했지만 정말로 죽을 줄이야. 하긴 누군가 신도 죽었다고 했고 재작년 이맘때쯤 김희지도 죽었는데 계절이라고 못 죽을 거 있나, 하는 생각도 들었다.

별로 중요한 사실은 아니지만 김희지는 나와 가장 친했던 친구의 이름이며 그가 죽어 있는 현재까지도 그는 나의 가장 친한 친구이다. 가장 친한 친구의 기준이 이렇다는 건 아니지만, 김희지는 내가 말랑한 복숭아를 좋아하는지 딱딱한 복숭아를 좋아하는지부터 나의 취향을 나보다 더 잘 꿰고 있다.

여름이 죽었으니 복숭아는 이제 어느 계절에 머나. 지구온난화가 심해져서 봄이랑 가을이 없어진다고들 하던데 여름이 먼저 죽어버릴 줄이야. 이렇게 갑작스럽게 죽은 거라면 역시 자살인가, 자살이겠지, 그러나 나는 여름이 왜 죽었는지는 묻지 않았다. 그런 게 예의라고 배워서.

가을이 왔으니 슬슬 여름옷을 정리해야겠다고는 생각했지만 연락을 들은 후 여름옷을 정리하자니 유품을 정리하는 것 같아서 손이 느리게 움직여졌다. 그나저나 여름옷과 여름옷이 아닌 건 어떻게 구분하나? 나는 옷이 별로 없고 여름에 입던 옷에 날씨에 맞추어 얇거나 두꺼운 겉옷을 더 입는 방식으로 가을을 보내왔던 것 같다. 그러나 이건 확실히, 여름 것이지. 휴양지에서 입어보려고 마음먹고 산 흰 비키니를 들어보았다.

여름의 사체를 발견한 것은 아마도 가을이려나. 가을이 여름과 왕래할 거라는 추측은 그저 여름이 지나면 가을이 와서, 라는 사실에 기인하고 있을 뿐이다. 연이어 불린다고 친한 사이가 되지는 않겠지. 나도 나란히 앉았던 짝꿍들과 늘 친했던 건 아니었다. 걔네들은 요즘 뭐 하고 살려나. 매일매일 옆자리에 앉는다는 게 생각보다 더 특별한 일이었다는 건 어른이 되어서야 깨달았고.

내가 겨울에 종종 여름 생각을 하듯이 겨울도 여름 생각을 하려나. 겨울은 여름의 부고를 겨울이 되어서야 듣게 되려나. 그런 순서라면 봄이 가장 늦게 들을 텐데. 봄은 초록을 꺼내면서 자신 다음에 초록을 더 맹렬하게 하는 여름이 오지 않는다는 걸 알 것이고

아. 없구나. 진짜로 없는 거구나. 영영.

개가 있다고 생각한 그 순간에도 이미 없었구나.

그런 걸 깨달을 때는 정말, 정말이지 너무 슬픈데. 슬프
다는 말 말고 다른 말이 필요하다는 생각이 들 정도로 슬
픈데. 나는 봄이 늦은 부고를 받게 되지 않도록 급하게 필
기구와 편지지를 찾아 봄에게 편지를 썼다. 쓰고 나니 편
지지는 언젠가 김희지한테 선물 받았던 사진엽서였고 꽃도
과일도 열려 있지 않아 무슨 나무인지는 짐작하기 힘든 나
무를 찍은 풍경이 뒷면에 프린팅되어 있었다.

나는 장을 보러 가는 길에 우체통에 편지를 넣었고

여름 과일들이 저번주보다 훨씬 비싸게 팔리고 있는 것
을 보았다.

이게 마지막 복숭아여. 다음주만 돼도 못 먹어.

과일 파는 할머니가 그렇게 말씀하셔서 홀린 듯이 샀다.

집에 돌아와서는 옷 정리를 다시 할까 하다가 드러누워
서 복숭아를 먹었다.

복숭아는 나의 취향보다 조금 더 물렁하고 달았다.

아, 이제는 새 친구를 사귀어야 하는데.

기억하지 않을 만한 지나침*

복숭아를 좋아하는 죽은 친구를 둔 사람과
딸기 디저트를 좋아하는 죽은 친구를 둔 사람이
어느 날 거리에서 마주치게 되었는데
아무 일도 일어나지 않았다.

정확히 말하자면 일어났던 일이란 이런 것이다. 두 사람
이 마주침, 두 사람이 서로를 몰라봄, 두 사람이 서로를 지
나감, 두 사람이 멀어짐.
　두 사람이
　한 사람씩의 영혼을 더 업고 있었다 해도, 그들이
　여름 복숭아와
　겨울 딸기 디저트를 포장해 가는 길이라고 해도

사실은 서로 다른 계절에서 온 사람이라고 해도

시공간은 그들을 잘 소화해 낼 수 있다.
교차로의 신호등처럼
사물을 규칙적으로 어긋나게 하는 게 시공간의 몫.

어떤 사람의 죽음이
오늘의 교통 상황에 숫자로 기록되는 동안

두 사람은 갑자기 자신의 어깨에 매달려 있던 어떤 영혼
이 떠나가는 것을 느낀다.
　두 사람의 마주침 때문은 아니다.
　두 사람 말고도 많은 사람들이 지나쳐 가는
　거리의 복잡성이
　영혼에 대한 믿음을 부드러운 방식으로 앗아간 것이다.

　이제 두 사람은 집으로 돌아가
　각자의 방식으로 애도를 마무리하고
　남은 삶을 살아갈 것이다.

* 기형도「기억할 만한 지나침」변용.

헌팅캡

헌팅캡을 쓴다

헌팅캡을 쓴다고 사냥꾼이 되는 건 아니다 헌팅캡을 쓰면
헌팅캡 쓴 사람이 된다
'헌팅캡을 쓴다'고 쓴다고 헌팅캡을 쓰는 사람이 되지
않는 것처럼

헌팅캡을 쓰고
밖으로 나간다 이건 다
안에서 벌어지는 일이라는 외침이
밖으로 나가는 것처럼

걷는다
무성하게 자라난 풀, 손과 발, 말,

말을 타고 사냥하는 일을 말이 좋아했을 것 같지는 않다

아무도 물어보지 않은 말은 비밀이 될 수 없다
아무도 안 물었는데 손에는 이빨 자국
저항흔이라고 부르자
피가 난다

나는 어떤 질문에 대해 비밀이에요, 라고 답할 순간만을
기다려 왔으나
　아무도 내게 그것을 묻지 않았다

　말처럼
　나는 걷는다 내가 걷는다고 내가 걷는 것은 아니다, 걷
는 것은 바람
　걷히는 것은 구름 나는 바람 없이
　뛰어다녔다

　시체를 묻기 위해 사람들이 오가지 않는 장소를 찾아다
녔다

　내가 만들 수 있는 유일한 비밀은 무덤뿐이라고

　여겼다 거대한 매립지를 지나치다
　헌팅캡을 발견하기 전까지

　여기던 것을 어기기 전까지 나는 비밀을 잘 지키는 사람
이었다

헌팅캡을 쓴 사람처럼
총소리처럼

마지막 모자로 무덤을 받은 사람은 어두운 밤에 갑자기
일어나
자신의 빈 뒤통수를 만져줄 사람을 찾아다녔다

매드 해터

정신을 차려 보니 모자를 팔고 있었습니다
사극에서나 보았던 검은 갓부터
역시나 시대극에서 보았던 녹회색 군모
셜록 홈즈가 쓰지 않았지만 셜록 홈즈 모자로 알려진 사
냥꾼 모자
테가 없는, 작고 둥근 줄리엣 캡까지

나는 이런 모자들을 쓰고 다니는 사람은
현실에서 한 번도 못 봤는데요

모자를 줄 테니 내게 현실을 주세요
지나다니는 사람들을 붙잡고 애원했지만
사람들은 모두 일정이 있어 보이더군요
붉은 베레모를 쓴 화가가
높은 중절모를 쓴 신사가
흰 천을 감싼 아기가
자기들은 이미 모자가 있다며
등장해야 할 장소가 있다며
내 손을 뿌리치네요

그러고 보니 모자 장수는 동화 속에서나 본 것 같아요
동화 속 밤은 더 깜깜하고 별들은 주인공이 있는 곳에서
나 빛나고

나는 어두운 가판대에 늘어선 팔리지 않은 모자들을
하나씩 써봅니다
빅토리아 시대부터 이번 주말 홍대까지
조악한 팝업북처럼
세상이 납작하게 펼쳐졌다 납작하게 접혀요

모자를 벗은 나는
늘어선 모자들을 차례차례 쌓아 올렸습니다
모자가 모자를 쓰고 있는 형국으로

그리고 가판대로부터 점점 멀어졌습니다
멀리서 보니 모자들은 각기 다른 맛의 스쿱을 올려놓은
아이스크림 같았어요

나는 아이스크림을 좋아하고
새로운 맛이 나오면 꼭 먹어봅니다
새로운 맛은 보통
예전에도 새로운 맛이라고 먹어보았던 맛
지속적으로 팔리기 애매한 맛이죠

나는 아무도 모자를 쓰지 않는 마을로 갈 거예요
모자 쓴 사람이 나타나면 모자를 훔치겠어요
그 마을에서 가게를 차리겠어요
슈팅스타처럼
이상한 이름이 이상한 맛을 딱 맞게 표현해주는
아이스크림을 팔겠어요

그때도 돈은 받지 않고 현실을 대가로 지불 받겠어요
현실이 필요한 사람에게만 현실을 돌려주고
아닌 사람은 우리 가게 아르바이트생으로 쓰겠어요
어쩌면 모두가 우리 가게에서 일하게 될 수도 있죠
그러면 삼시세끼로 아이스크림을 먹으면 되죠

상상을 마친 나는 상상이 달아나기도 전에
신발을 벗고 달립니다
쓰지도 않은 모자가 날아가도록 빨리

선택

세상의 디테일에 신경 쓸 여력이 없다
고양이 수염이나 베갯잇이나 매트리스의 올록볼록한 부분
분
창의 격자무늬를 통과해 들어오는 빛의 그물
누가 나를 망설이며 안아줄 때

나는 성냥개비를 낳았다
지구를 불태우기엔 부족한 개수였고
내 집을 불태우기엔 충분한 개수였다

덜덜 떨며 서로를 안고 있는 성냥개비들
그럼 더 큰 불이 날 줄도 모르고
고통을 나눠 가지려고 하면
더 큰 고통이 된다고

내가 낳은 성냥개비들에게 말해줄 순 없었다

네가 나를 선택하지 않았듯이
나도 너를 선택한 것은 아니었어……
엄마가 지친 표정으로 말했다

나는 무리 지어 걸어가는 여자들을 보았다

더 큰 불
나는 지구 규모의 화재를 상상하고
다른 모양으로 가물다가
결국엔 같은 재로 스러질

나무와 무리와 내가 마음에 든다고

말해야만 했다

침대에 바르게 누워
한 번도 가져본 적 없는 집과 정원이
불타고 있다는 걸
받아들여야만 했다

침착하게 사랑하기

몸에 든 멍을 신앙으로 설명하기 위해 신은 내 손을 잡고 강변을 걸었다 내가 물비린내를 싫어하는 줄도 모르고

빛과 함께 내려올 천사에 대해, 천사가 지을 미소에 대해 신이 너무 상세히 설명해주었으므로 나는 그것을 이미 본 것 같았다
반대편에서 연인들이 손을 잡고 걸어왔다

저를 저렇게 사랑하세요? 내가 묻자
신은, 자신은 모든 만물을 사랑한다고 말했다
저만 사랑하는 거 아니시잖아요 아닌데 왜 이러세요 내가 소리치자

저분들 싸우나 봐, 지나쳤던 연인들이 소곤거렸다

신은 침착하게 사랑에 대해 이야기하고 나는 신의 얼굴을 바라보지 않고 강을 보고 걷는다
강에 어둠이 내려앉는 것을, 강이 무거운 천처럼 바뀌는 것을 본다

그것을 두르고 맞으면 아프지만 멍들지는 않는다

신의 목소리가 멎었다 원래 없었던 것처럼

연인들의 걸음이 멀어지자 그는 손을 빼내어 나를 세게
때린다

요절복통

갑자기 터지는 웃음처럼
강간이라는 단어가 생각나

그녀는 그와 그녀를 구분할 수 있었고
그녀는 섹스와 강간을 구분할 수 없었다

그녀는 머리카락을 한 올씩 뜯는 습관을 가지고 있었다
그럼에도 그녀의 머리는 풍성하고
검고
길었지

검고 길다는 말은
죽음을 꾸밀 때도 어울리는 표현이지

그러나 꾸민다는 건 얼마나
수치스러운 일이니?

언젠가 그녀가 했던 말이 떠올라서
나는 흰 국화를 도무지 내려놓을 수 없었다

그녀의 장례식장에 있는 꽃들은
모두가 잠든 밤에
모두가 잠들었다고 했는데 어떤 여자들은 깨어 있는 밤에

일제히 떠올라
제자리로 돌아갔다

그러니까 흙 속으로
조경되지 않은
풀밭 사이로

갑자기 터지는 웃음처럼
왜 여기 피어 있을까 싶게

뜬금없이 흰 꽃

추모

영정도 위패도 없이 흰 국화만 가득한 곳에서 장례식이
열렸다.
누구를 위한 장례식인가요.
내가 물었다.

사람들은 꽃에다 대고 묵례를 했다.

이곳은 추모 공간입니다.
침묵해주세요.
누가 내게 주의를 주었다.

누구를 위한 장례식인가요.
나는 다시 물었다.
죽은 사람을 위한 장례식입니다.
누가 답했다.

장례식은 산 사람을 위해 하는 거 아닌가요.
내가 묻자 누가 다시 물었다.
알고 있으면서 왜 물어보세요?

왜
나는 질문을 쥐고
장례식장 입구를 서성였다.

왜 산 사람은 살아야 하는지
왜 죽은 사람은 죽어야 했는지

질문이 손에 쥘 수 없을 만큼 커졌을 때

그것은 바닥으로 떨어졌고
폭발했다.

불이 났다.
흰 국화가 재가 되었다.
검은 연기가
멀리까지
날아갔다.

사람들이 사진을 찍었다.

예측할 수 없는 사고였다고 했다.
미친놈이 그랬다고 했다.

불은 좀처럼 꺼지지 않았고

끝없이 옮겨붙었다.
도시가 불탔다.

영원히

재가 된 도시 속에서
영원을 믿지 않는 한 사람이
내 시신을 발견했다.

그는 시신을 옮기고
연구실에서
나를
내 손을 오래 바라보다

이런 기록을 남겼다
: 그는 무척 뜨거운 것을 쥐고 있었다

일지를 쓰다 엎드려 잠든
그의 꿈속으로부터

도시가 재건되고 있었다.

나의 웃음

　나는 실없이 웃는다 벽에서 곰팡이가 피어난다 나는 실없이 웃는다 곰팡이에서 벽이 피어날 수는 없는 걸까 나는 실없이 웃는다 연기에서 불이 피어나듯이 나는 실없이 웃는다 글자에서 백지가 펼쳐져 나오듯이 나는 실없이 웃는다 구두에서 발이 솟아나듯이 나는 실없이 웃는다 너에게서 내가 걸어 나오듯이

최초의 시인

의자 앉기 게임을 하고 있다. 의자는 무조건 사람의 수보다 하나 적고 노래가 흐르면 우리는 의자 주변을 맴돌고 노래가 갑자기 끊기면 의자에 재빨리 앉는다. 이것은 모두가 아는 규칙. 의자 앉기 게임은 외국에도 있다고 한다. Game of musical chairs라고 부른다고. 우리는 영어를 배웠고 난 영어 잘 몰라 그렇게 말해도 Game of musical chairs 정도는 번역할 수 있지. 그런데

그냥 바닥에 앉으면 안 돼요?

아직 영어를 안 배운 어린이가 말한다. 영어를 안 배워도. 이런 규칙 정도는 애도 알 수 있지 않나? 사람들이 당황한다. 그때 노래가 끊기고 사람들이 자리에 앉는다. 어린이는 앉지 않았다. 탈락자는 밖으로 나가서 구경해야 해요. 누군가 어린이에게 그렇게 말했지만

어린이는 뚱한 표정으로. 바닥에 주저앉아버린다. 얘야. 네가 그렇게 앉아버리면. 우리가 의자 주변을 맴돌지 못하잖니. 노키즈존이 필요한 이유가 있다고. 어떤 사람이 말하자. 아 그렇게까지 말해버리면 이 시가 너무 윤리에 관한 시로 읽히지 않겠어요? 누가 답한다.

너무 윤리에 관한 시. 너무 윤리에 관한 게 뭐지? 이 시는 빼는 게 좋겠다. 시적인 미학도 부족하고. 다 아는 얘기고. 그리고 메타시는 웬만하면 쓰지 말지. 다른 시인이 말해서. 이 시는 시집에서 빠졌다. 쓸 만한 시는 시집에 다 넣어버렸는데 시집을 내자 들어오지 않던 청탁이 들어와서. 시인은 의자에 앉아서. 새 시를. 다른 시를 쓰려다가. 생각했다. 다 아는 얘기인데 왜 사람들은 바닥에 안 앉지?

　의자 앉기 게임을 하고 있다. 노래가 멈추자 사람들은 의자에 앉지 않고 바닥에 앉았다. 모두가 앉을 수 있었다.

　시인은 이렇게 고쳤다. 그러자 자신의 시집에 들어간 다른 시도 이렇게 고칠 수 있을 것 같았다. 그래서 시인은 출간된 후 다시 읽어보지 않은 시집을 펼쳐서 다시 읽으면서. 모두 평화롭게 만들어주었다. 그리고 새 시를 쓰지 않았다. 편집자는, 시인이 문예지 출간 이래 마감을 펑크 낸 최초의 시인이라고 그랬다.

히든 밀키웨이

머그컵에 담겨 있는 흰 액체. 솟아오르는 희뿌연 수증기. 고소한 냄새. 머그컵 손으로 감싼다. 차갑다.

차갑다니. 고개 기울여 컵 안 들여다본다. 별거 없다. 그냥 하얗다. 안경에 김 서린다. 안경 닦으려고 안경 벗는다. 눈앞 뿌옇다. 그러나 사물이 부드러워진 건 아니다. 머그컵 손으로 다시 감싼다. 단단하다.
그러나 차갑다.

안경 닦으면서. 부드러운 천으로 단단한 렌즈 닦으면서. 무엇이 잘못된 걸까? 머그컵에 담겨 있는 흰 액체. 솟아오르는 희뿌연 수증기. 고소한 냄새. 너는 따듯해야지.

안경 다시 끼는 찰나. 잠깐 시야 가려지고. 안경 다 끼자 머그컵 안 액체 사라지고 없다. 머그컵 들어본다. 깨끗하다. 고개 숙여 테이블 아래 확인한다. 흰 액체 쏟아져 있다.
티슈 몇 장 뽑고 흰 액체 닦으려 손 뻗는다.

그대로 안으로 떨어진다.

히든 크레바스를 밟은 것처럼. 그러나 이곳은 빙하 지대가 아닌데. 여기는 집인데. 어쩌면 내가 착각했을 수도. 빙

하 지대를 집으로. 집을 빙하 지대로. 빙하 지대가 너무 사랑스러웠거나 집이 너무 증오스러웠기 때문에. 아니면 둘다 질렸기 때문에. 어디까지 떨어지는 걸까. 어디에 도착하는 걸까. 추락이 길어지자 기대감이 생기고.

쿵.

내가 떨어진 곳은 의자 위. 앞에는 테이블. 머그컵이 있다. 쿵. 머그컵 안엔 아무것도 없다. 쿵.

쿵.

설산이 무너져 내리고 있다. 여기서 산사태가? 그러나 산사태란 그런 것. 예감하는 순간 이미 일어나버린 것. 내가 컵 안에 그것을 따랐을 때부터.

컵 안에서 컵을 깨뜨리며 눈덩이가 쏟아져 나온다. 폭발하듯이. 또 쏟아진다. 또 쏟아진다. 또. 아주 멀리서 이 집을 보면 컵 안에 우유가 차오르는 것처럼 보일 것이다. 그러나 우유라니? 아주 멀리라니? 멀리는 없다. 거리가 모든걸 망쳐놓았다.

거리를 걷는 사람들이 손을 맞잡으며, 와 춥다 오늘 진짜 춥네 이것 봐…… 희뿌연 김 허공에 퍼트린다. 사람 빼고 모든 게 조명을 두르고 있다. 사람이 두르고 있는 건 코트와 목도리와 사람. 따뜻하기 그지없는 캐럴 퍼지며, 글라스에 부어지는 갈자색 액체, 마침 내리는 눈. 사람의 눈동

자가 서로를 사랑스럽게 담을 때. 흰자위가 보고 있는 눈
꺼풀 뒷면.

 모든 걸 뒤덮은 눈은 따듯하지도 않고 차갑지도 않고 길
었다.
 그건 재난 속에서 내뱉으려고 오랫동안 고심한 유언.

 너 정말 거창하구나.
 그럼에도 그게 네 마음이라면……
 내리는 눈을 보며 사랑스러운 사람들이 말했고

 위 위시 유 어 메리 크리스마스
 위 위시 유 어 메리 크리스마스
 위 위시 유 어 메리 크리스마스 앤드

 그 집은 어떻게 되었죠?
 그 사람은?

 그건

 칠 년 전 일이니까요. 강산이 절반 넘게 바뀌는 시간이잖
아요? 저는 이제 잘 모르겠네요.
 따듯한 차가 담긴 머그컵을 내려놓으며 나는 상담사에
게 말했다.
 편안한 마음을 가질 수 있도록 친절히 내어준 음료였다.

소리가 모두 사라지는 방

소리가 모두 사라지는 방에 들어가서 우리는 모든 말을 다 하고 나오기로 약속했지. 그 방에서 한 시간을 보내기 위하여 우리는 돈을 벌고 또 벌어야 했지. 먹지 않고. 씻지 않고. 사실 그럴 필요까진 없었지만. 먹지 않고 씻지 않았으므로 우린 더 억척스러워 보였고 우린 그것이 마음에 들었다.

도무지 마음에 드는 게 없었으므로. 그런 것을 마음에 들어 했지, 피곤해 보이는 서로의 얼굴 같은 것을. 힘없는 걸음을. 화를 참는 모습을.

화를 내는 모습을.

그러나 진짜 화는 소리가 모두 사라지는 방에서 내기로 했지. 그 전까지는 욕하고 소리쳐도 가짜라고. 우리의 진심을 아무도 모르게, 서로도 모르게 꺼내놓자고. 그러나 우리는 같이 있을 것이고 그 장면을 기억할 수 있을 것이라고.

잘 닫히지 않는 문을 세게 닫으며 중얼거렸지. 무엇을? 기억이 잘 안 나. 하지만 그 장면만은 기억할 수 있을 것이라고.

소리가 모두 사라지는 방에서. 우리는 중얼거렸지. 차가운 목덜미를 만지며. 기억을 더듬듯이 그것을 만지며. 숨죽여 울었지.

조찬

빛을 걷어내면 또 다른 빛이 있다.
물에 빠졌을 때 손으로 물을 아무리 걷어내도 또 물인 것처럼
희망이 끝이 없다.

실종된 사람이 늙지도 않고 돌아온 아침엔 그것을 믿는 수밖에 없었다.

이인분의 밥을 차리고 그동안 어떻게 지냈는지 묻지도 않고
말없이 식사를 하는 동안

그 사람 얼굴이 점점 환해졌다.
환한 얼굴이 입이 있던 자리에 숟가락을 집어넣는다.

눈 감아도 눈부신 장면에 대해
말하고 싶다는 기분이 들자

그 사람 점점 줄어든다.
줄어들며 점점 밝아진다.

마침내 그것이 숟가락 하나의 크기로 뭉쳐졌을 때
박혀 있던 숟가락의 손잡이를 잡아당겼더니
그것은 칼이었다.

칼끝 빛난다.

칼을 옆에 두고 아침을 마저 먹는다.
이따금 수저가 그릇에 부딪히는 소리 들으며.

액체와 이별하기

이런 몸으로는……

액체 상태의 네가 나를 보며 곤란하다는 듯이 흘러내린다.

내가 무슨 반응을 해주기도 전에 너는 개수대로 빨려 들어간다.

그런 것을 우리의 마지막 장면으로 상상해본 적이 없는데.

나는 고무장갑을 끼고 음식물이 떠내려가지 않게 해놓은 개수대의 거름망을 들어 올려보지만 거기에 너는 없다. 우리 둘이 먹은 음식물의 찌꺼기만 가득할 뿐이다. 거름망을 뒤집어서 그 음식물을 내려보낸다.

물이 아까보다 잘 내려간다.

너는 왜 그때 액체 상태가 되어 있었던 걸까.

내가 늦게 잠에서 깨어 물 한 잔을 마시려던 타이밍에.

하필.

그런 부사는 쓸모가 없다.

나에게 남은 일 — 물 한 잔 마저 마시기, 받아들이기

나는 둘 중 무엇도 하지 않고 이인용 식탁 앞에 앉는다.
사실 이건 네가 혼자 살 때 산 일인용 식탁인데.
내가 동거하게 되는 바람에 이인용 식탁이 된 것이고.

이제 이건 다시 일인용 식탁이 되었구나.

나에게 남은 일 — 물 한 잔 마저 마시기, **받아들이기**

앞으로 물을 마실 때마다 너를 떠올리게 되리라는 예감
이 든다.
나는 갈증이 다른 감정을 이길 때까지 일인용 식탁 앞에
앉아 있기로 한다.

일인용 식탁

희고
비어 있는

한 명의 인간으로서

내 몫을
먹어야 하는

현재는 이렇게 지나간다

미래야
부르자
과거가 꼬리를 흔들면서 달려왔다

앉아
기다려
훈련을 시켰다

미래에게 줄 간식들을
과거에게 다 써버리면서

훈련시킨 과거를 데리고
미래를 찾으러 나섰다

평생 쫓겨 다녀서
달리기를 참 잘하는
미래는

사실은 도망치지 않았고
문밖에서 내내 기다렸다고 했다

내가 언제 나오는 건지

나는 어색하게
과거의 손을 잡고

미래가 자리를 털고 일어나
천천히 걸어서
떠나는 뒷모습을
지켜보았다

산책로

네모를 가방에 넣고 걸을까 합니다
동그라미가 될 때까지

모든 것을 용서합니다
용서하고 싶은 사람에게는 산책로가 필요합니다

자전거를 타는 사람
둘이서 얘기하며 걷는 사람
뒤로 걷는 사람
박수를 치며 걷는 사람의 소음이
가방 안에서 네모가 내는
달그락거리는 소리를 지워야 합니다

그 산책로는 세상보다 길어야 합니다

걷다가
       걷다가 걷다가
              걷다가 걷다가
걷다가
         걷다가
지쳐서
다시 집으로 돌아가
단잠을 잘 수 있어야 합니다

용서가 되지 않더라도
아직 걷지 못한 산책로가 있으니까

내일 다시 걸읍시다
네모의 모서리가 약간 닳아 있습니다

시선

산책로에서 성폭행이 일어났다
나는 더는 쓸 수 없다
나는 백 명으로 천 명으로 만 명으로 늘어나
산책로를 뛰었다

나는 우르르 넘어졌고 나를 밟았고 압사를 당했고
나를 뛰어넘어 겨우 살았고

산책로는 점점 짧아지고
하나의 점이 되어
나의 모두가 그 위에 쌓여

하늘을 뚫고 우주를 뚫는 첨탑이 되었다

과장이 아니에요
나는 한 번도 현실을 앞지른 적 없습니다

그래서 첨탑 가장 위에 선 나를 탈출시켰습니다

갑자기 내가 누구에게 말하고 있는 건지

누군가야, 나뿐이며 나의 모두인 세상아

첨탑이 낸 구멍으로 눈을 가까이 해요
나의 모두를 두고 나온 우주 바깥에서 어리둥절 서성이
는 내가 보이죠

나를 계속 봐주세요

우주 밖으로 탈출하지 않아도
계속 쓸 수 있다고
다시 산책로를 걸을 수 있다고
말해주지 않아도 되니까 다만
시선을 떼지 말아주세요

나는 땅으로 돌아와 더럽고 차가운 맨발을 씻었다

돌 던지기

나는 돌을 던질 수 있는 초능력을 가지고 있다. 사람들은 이게 초능력이 아니라고 생각할지 모르지만 이건 명백히 초능력이다.

오늘도 나는 강에 돌을 던지고 왔다. 햇수로 삼십사 년째 매일 매일 던지고 있다(내 나이는 2022년 기준 한국 나이로 스물넷이다). 산수를 잘하는 사람은(산수를 잘하는 건 초능력이 아니다) 내가 돌을 몇 개 던졌는지 셈할 수도 있겠다.

강이 돌로 메워진다면 그만둘 생각이다.

모든 것을.

얼마 안 되는 재산을 불리는 것을. 마주칠 때 인사만 하는 사이까지 포함한 인간관계를. 만족을 위해서 생존을 위해서 밥 먹는 것을. 손톱을 지나치게 자주 깎는 습관을 포함하여 나를 깨끗하게 하는 것을. 설득과 유희와 별 의미 없는 대화 혹은 혼잣말을.

그 밖에 내가 잘 모르는 세상을.

그렇지만 돌 던지기는 계속될 것이다.

내가 태어나기 전에 그랬던 것처럼
내가 죽고 나서도 나는 돌을 던질 것이다.
얼핏 다짐처럼 들리지만 다짐은 아니며
내가 던진 돌을 뒤집어봐도
아무것도 안 새겨져 있을 것이다.

그렇지만 조금 특이한 모양처럼 보이거나 보관하고 싶
다면 누군가 가져가도 괜찮다.
엉뚱하거나 피상적인 격언을 새기더라도.

옷 입기 싫은 아이

아이가 옷을 입기 싫어해서 아이의 부모는 곤란했다

옷을 입기 싫어하는 아이는 많다지만
자신의 아이까지 옷을 입기 싫어할 것이라고
이토록
크게
집이 떠나가라
울 것이라고 부모는 생각하지 않았다
아니 생각했지만
내 아이만큼은 그러지 않길 바랐다

부모는 백화점에 아이를 데려갔고
아이가 한 티셔츠를 가리키며
정확히는 티셔츠에 그려진,
커다랗고 기쁜 눈을 가진 캐릭터를 가리키며
"나 얘 좋아."
라고 말했을 때 기뻤다

부모는 그 캐릭터가 그려진 옷들을 여러 벌 샀고
아이는 그 옷을 입게 되었지만

아이는 여전히 옷을 입기 싫었다

그렇지만 부모가 커다랗고 기쁜 눈으로 아이에게 옷을
입히는 바람에

아이는 옷을 입고
어린이집으로 갔고
친구들이
너도나도
멋지다고
말했고

아이는 화장실에 자주 갔다

오줌을 참기 힘든 모양이라고
오줌을 참기 힘든 아이는 많다고 어린이집 선생님은 짐작
했지만

실은

아이는

화장실에서

옷을

다 벗고

피부도

벗으려다가

그건 벗겨지지 않는다는 걸

매번 깨닫고

변기에

쪼그려 앉아

모든 것을

자신의 모든 것을

자신을

싸기 위해

힘을 주곤 했다

식은땀만 흘렀다

아이는 가끔 다시 옷 입는 걸 까먹고
화장실에서 나왔는데
그때마다 어린이집 선생님이
놀라면서
놀랐지만 다정하게
아이를 다시 화장실로 데려가

커다랗고 기쁜 눈을 가진 캐릭터가 있는 옷을 입히고

교실로 돌아왔다

아이가 아직 옷에 적응을 못 했나 봐요
불편해해도 집에서도 옷을 좀 입히시면 좋을 것 같아요
아 그래도 애들이 막 놀리거나 그러진 않아요
애들이 보기 전에 제가 다시 입히거든요

선생님이 아이의 부모에게 할 말을 떠올리는 동안

아이는 다른 아이들과 함께
사유 시간에 할 놀이를 궁리했고

소꿉놀이에서 마네킹 역할을 맡아
옷을 입고 있는 자신을 조금 견뎌보았다

미래의 손

이 시에는 공원이 등장하지 않고, 시인이 등장하지 않으며, 사랑이 등장하지 않는다.

이 시에는 공터가 등장하고, 중학생이 등장하며, 등장할 수 없는 사랑이 등장한다.

중학생은 공터에서 담배를 피우고 있다. 공원은 금연구역이기 때문에, 공터는 비어 있는 터이기 때문에 공터. 그렇다면 중학생의 마음도 공터. 공터인 마음은 사랑으로 가득 차 있다. 사랑하는 것이 아무것도 없어서 사랑할 것이 너무나 필요하기 때문에. 중학생은 자신이 사랑할 수 있을 법한 것들을 떠올리면서 담배를 피우고.

담배는 아빠에게서 훔친 것. 아빠는 사랑할 수 없는 것. 가족이란 사랑할 수 없는 것. 친구도 애인도 사랑할 수 없는 것. 선생과 제자라면, 신과 신도라면 더더욱 사랑할 수 없고. 사랑을 떠나서. 그 모든 관계가 아닌 관계가 존재할 수 있는지 중학생이 생각하는 동안

담배는 필터까지 타들어 가고. 중학생이 고개를 조금 숙이고 담배와 연기를 바라보는 동안. 세상의 필터도 조금씩 타들어 가고, 세상의 모든 관계가 지워지고. 비어 있는 곳 빼고 모든 것이 지워져서.

세상엔 공터만이 남았다.

공터에 덩그러니 혼자 서서. 담배를 피우거나. 울거나. 쪼그려 앉아 있는 사람들만이 남아

세상은 한층 조용해졌고. 중학생이 문득 고요를 느끼고, 담배를 버리고 신발로 그것을 짓이기고 하늘을 바라볼 때, 하늘은 저녁에서 밤으로 색깔을 바꾸고. 세상은 원래대로 돌아오고.

원래란 뭐지?

그런 질문은 의미가 없다. 원래대로라면 중학생은 담배를 피우면 안 되고. 중학생은 담배 냄새가 빠질 때까지 산책을 좀 하다가 집에 들어갈 것이다. 그럼에도 담배 냄새는 날 것이고. 그렇기 때문에 중학생이 하는 질문은,

혼을 낼까? 혼을 내지 않을까?

예측할 수 없는 체벌.
중학생의 마음을 공터로 만들게 한.

그러나 우선은 공터에서 빠져나와 담배 냄새를 빼기 위해 산책을 하기로 하고, 중학생은 주머니에 손을 찔러 넣다가

주머니 속에서 어떤 손을 잡았다.

그것은 가족도 친구도 애인도 선생도 신도 아닌
시를 쓰게 될 중학생의, 미래의 손.

하지만 지금 이 시에는 시인이 등장하지 않고

주머니 속에 깊게 손을 찔러 넣은 중학생이 당신을 지나치고 있을 뿐이다.

바꿔치기

사막이 왔다
밟으면 푹 꺼지는 모래땅을 간절함 없이 걷다 보면
사막이 간다

현관이다
잊지 않기 위해 문고리에 걸어놓은 장바구니
혹은 우산
혹은 사람

그중 하나를 잡고 외출의 목적을 상기하며 걷는다
이때 보도블록은 보도블록이다
이때는 간절하다

구매 목록
양파
고양이 간식
내 간식

먹을 거 말고 다른 건 안 필요해?
물건을 계산할 때 그렇게 묻는 사람이 있어 놀란다
그 사람과 손을 잡고 집으로 돌아온다

현관을 닫으며

그가 나를 문고리에 걸어놓는다

그가 운동화를 털자 끝도 없이 나오는 노래

건축하기

나는 지금 속눈썹이 내는 소리를 듣고 있어요
거짓말입니다
거짓말이라고, 그렇게 말했어요

상자를 열자 서랍이 들어 있습니다
서랍을 열자 칼이 들어 있고요
칼을 열자 눈꺼풀이
눈꺼풀을 열자 속눈썹이 있어요
눈은 어디로 갔을까요 눈은……
눈앞에 떠 있습니다

깨어나 보니 그것은 조명이었지만
아무렴 어떻습니까 그건
검사 결과만큼만 중요한 일

조명이 아니라 태양이라고
옆에 있는 환자가 알려줍니다
더 미친 걸 자랑하려고

여기는 창문 없는 방인데요?
내가 지적하자

여기는 일인실인데요?
환자가 대답합니다

대화를 포기하고 천장을 바라보다
궁금해집니다 여기가 일인실이라면,
나는 누구인데요?

당신은 내 상상 친구입니다
환자가 나를 바라보면서 이야기합니다

미안합니다
환자의 목소리가 떨립니다

괜찮습니다, 아니니까요
나는 이불의 패턴을 유심히 살핍니다

미안합니다
환자는 사과할 상대가 필요했던 것 같고요

패턴의 규칙을 깨닫자
이불이 새하얘집니다

다시 천장을 바라봅니다

못

옷을 벗었고 못을 뽑았다

못으로 고정되어 있던 수납장이 무너졌고
책이 아무렇게나 펼쳐졌다

아무렇게나 펼쳐진 곳으로부터
독서를 시작했다

다음 장을 펼치는 대신
다른 책의 아무렇게나 펼쳐진 곳을 읽었다

그런 방식으로 청소를 끝내고
문손잡이를 왼쪽으로 돌려서 열었다

그곳에는 흰 벽이 있었고
흰 벽을 통과하다 보면
원귀의 마음을

이해할 수는 없었다

그렇지만 허리까지 오는 긴 머리를 갑자기
밀어버린
어떤 여자를 나는 알고 있었고

오늘 있었던 일을 그에게 말한다면
그는 고개를 끄덕여줄 것이다

까딱이는 듯이
리듬을 타는 듯이
내 이야기를 듣는 둥 마는 둥 경청할 것이고

벽 속에선
시체와 함께 파묻힌 고양이 이야기가 자동으로 떠오르고

그러자 벽 속에서
어설프게 무서운
귀가 쫑긋한 네발 동물이
나를 향해 피어올라

나의 머리를 꽉 물었다
나를 벽 속에서 뽑아내기 위해

뽑혀 나온 나는
무너진 수납장과 책을 버렸다

책은 종이로 분류하고
수납장은 대형 쓰레기 신고를 하고

조금 울면서, 표정이 생기다가 말다 하면서
옷을 입었다

격식이 무엇인진 모르지만
자켓을 입었다

장례식에 가야 했다

자켓의 규범 표기는 재킷이라고 한다

나의 자켓은 두 번째 단추가 금방이라도 떨어질 것 같고
조문객들은 굳이 그런 것을 지적하지 않을 것이다

조심스레 첫 번째 두 번째 단추를 잠그고
세 번째 단추를 끼울 때

세 번째 단추가 떨어졌다

어디로 떨어졌는지 모르지만

바닥에 부딪히는 소리
튕겨 오르는 소리

잠시 핑그르 돌다가 마침내 평평하게 눕는 소리가 들렸다

지키는 마음

하나님은 콘돔을 끼지 않는다고 했다. 콘돔을 끼면 안
선다고 했다.

나는 침대에 누워서.
아이를 가지게 되면 자살해야지 마음먹었지만

생리는 예정일이 조금 지나서 했다. 성병도 안 걸렸다.
오래 앉았다가 일어나면
굴 같은 핏덩이가.
이것이 하나님의 축복일까?

나는 성호를 긋는 순서를 모르고.
성경을 펼쳐본 적 없고.
십계명을 모르지만.

나에게도 지키고 싶은 것은 있다.

두 손을 맞잡지 않은 채로
필사적으로 바라고 있다.

그녀가 죽지 않기를.

신이 그녀를 속여도. 전 재산을 잃어도. 강간을 당해도.
소설을 읽을 수가 없고. 선한 인물이 싫어지고.
자두를 먹어도 단맛이 느껴지지 않고
끈적한 진물이 손목을 타고 흘러내릴 때도.

보지에서 코에서 입에서 눈에서 피가 줄줄 쏟아지고.

살아라
라는 말이 비겁하게 느껴질 때도

그래서 그녀가 이미 죽은 이후에도

나는 그녀가 죽지 않기를 바랐다.

그녀는 내 농담에 웃어주는 사람.
그라는 호칭을 거부하고
그녀라고 불리기로 한 사람.
그러나 여자도 남자도 아닌 사람.

그녀는 신을 믿지 않지만
주술적인 힘을 믿는다.

언젠가 우리가 함께 울었을 때.

그녀는 우리를 힘들게 한 모두에게 저주를 내릴 것이며 그 효력은 영원하다고 말했다.

하나님은 그녀의 저주에 걸렸을 것이다.

나는 피 묻은 생리대를 말아서 버렸다.
하나님과 더는 만나지 않을 것이다.

안녕

세계를 주머니에 넣고 조금 걸었다. 시내까지 연결된 작은 다리를 건넜다. 작은 다리 밑의 작은 댐을 보았다. 몇 마리 철새들을 보았다. 주머니 속 세계를 굴리며 보았다. 시내에 도착해선 주인 맘대로 문을 여닫는 옷가게에 들어갔다. 모자 몇 개를 손으로 만져봤고 얼마든지 써봐도 좋다는 말을 들었다. 어떤 모자는 이미 해져 있어서 새것 같지 않았다. 나는 주인이 보지 않을 때 슬쩍 내가 쓰고 있는 모자를 벗어 가판대에 숨겨두었다. 옷가게를 나와선 왔던 길을 되돌아갔다. 그러나 작은 다리 밑의 작은 댐도 몇 마리 철새들도 보지 않았다. 주머니 속 세계도 굴리지 않았다. 집에 도착한 나는 시원한 물을 한 컵 마셨다. 더는 목이 마르지 않았지만 한 컵의 물을 더 따랐다. 나는 주머니 속에서 세계를 꺼냈다. 나는 탁구 선수들이 서브 전 손바닥에 탁구공을 올려두고 유심히 바라볼 때처럼 세계를 바라보았다. 그러다 나는 세계를 한입에 넣었고, 물과 함께 세계를 삼켰고, 그것이 완전히 목 뒤로 넘어간 후에도 물을 몇 모금 더 들이켰다.

레테르

내게 날개가 없어서 다행이다
날개가 있었다면 떼어내고 싶은 것이 하나 더 늘어났을
지도 모르니까

가슴
좆

이 시에서 당신은 저것들을 떼어내고 싶어 할지도 모른다
시 아닌 곳에선 붙여놓고 싶어 할지도
마음에 드는 구절만 가지고 싶다면

내 신체도 날아가게 내버려둬

나는 신체
하늘을 가로지르는 흰 손바닥
내 손가락이 거기서도 보이니
여자 같니

네
아니오

어떤 대답이든 할 수 있다면 그건 나도 마찬가지다

이미 쓰인 시의 문장을 재조립하듯이
문장이 물컵을 감싸 컵 안의 액체를 바꿔놓듯이
어느 날 조용히 떨어져버리듯이

마음에 드는 구절만 가져도 된다

그래
아니

나는 이런 것이 마음에 든다

수영을 잘하는 나
하늘색으로 바다를 칠하던 미술 시간

물결과
손가락과
물결

하늘을 가로지르는 흰 손바닥

과일 적정 섭취량

없는, 우리 아이가, 너는 그렇게 말했다

나는 언제든 아이를 낳아서 너에게 안겨줄 수 있었는데
없는 우리 아이가, 라고 말하는 네 얼굴이 우리의 것이 아
닌 우리의 잘못을 깨닫기엔 너무 어려 보였고
    나는 네가 충분히 늙을 때까지 기다렸다

구두, 케이크, 납치
그런 것들론 부족했다 우리에겐 숫자가 필요했다
○명 이상의 사람이 필요했다 그러나

우리의 숫자는 도착하기 전 불의의 사고를 당했다
○에 넣을 숫자를 찾지 못했으므로
우리는 평생 우리의 아이를 가질 수 없었다

사고를 알게 된 후, 없는 우리 아이가, 라고 말하는
너의 얼굴
그것은 한 명의 얼굴보단 한 개의 과일 같아서

우리는 매일 손을 잡고 과일 가게를 돌아다녔다 우리의
아이와 비슷한 과일을 찾아다녔다
    너무 둥글거나 너무 찌그러지지 않은 과일을 골랐다

무게는 항상 보이는 것보다 더 많이 나왔다

집으로 돌아와 과일을 깎고 있으면
이곳을 우리 집이라고 부르지 못하는 것 때문에 껍질을
얇게 깎지 못했다

너는 자꾸 없는 우리 아이가, 우리 아이가, 우리 아이가,
그렇게 말하고
배 속에서 아이 몇쯤 꺼내줄 수 있었지만 그것은 네 아
이가 아니고 내 아이도 아니고 우리의 아이는 더더욱 아니
고 우리의 아이는 도착하기 전에
우리의 아이를 따라오던 우리의 숫자들과 함께

그렇게 되어버렸잖니?
칼은 과일을 깎았다
대명사에 힘주어 발음하지 않으려 노력했다
그러나 날이 서 있어서

포옹과 관련된 숫자를 찾지 못해서
우리는 말없이 과일을 먹었다 우리가 각각 무게를 달 수
있는 달고 둥근 것을 나누어 먹었다 나누어

떨어지지 않는 숫자가 있었다 ○이 아닌 어떤 숫자가
아이 머리통 같은 숫자가

나의 사물됨

　나는 절반쯤은 개다. 나는 절반쯤은 풀꽃이고. 나는 절반쯤은 비 올 때 타는 택시. 나는 절반쯤은 소음을 못 막는 창문이다. 나는 절반쯤은 커튼이며. 나는 절반쯤은 아무도 불지 않은 은빛 호각. 나는 절반쯤은 벽. 나는 절반쯤은 휴지다. 절반쯤 쓴 휴지다. 네 눈물을 닦느라 절반을 써버렸다.

구현되지 않은 슬픔*

루비는 붉거나 빛나지 않는다.
루비는 제작자의 이름을 부여받았을 뿐이다.

루비는 슬픔을 구현하는 기계이다. 루비 안에 들어갔다
가 나오면 사용자는 설정된 슬픔을 이식받을 수 있다.
그리하여 그 슬픔을 이해했다고 믿을 수 있다.

루비 안에 들어갔다 나온 사람들은 슬퍼했으며
어떤 사람은 슬퍼하며 부탁했다.
나의 슬픔도 루비 안에서 구현할 수 있게 해주세요.

그러나 루비는 원활한 체험을 위해 선택받은 슬픔만을
구현할 수 있었다.
이론적으로 루비는 모든 슬픔을 구현할 수 있었지만
살인자의 슬픔이나
커다란 벽을 사랑하게 된 여자의 슬픔
구토에 중독된 아이의 슬픔
같은 것을
구현하기를 법적으로 허락받지 못했다.

그렇지만 법적으로 허락받지 못한 슬픔은 구현할 수 있어서
사람들은 그런 방식으로 그 슬픔을 이해했다.
이해해요.
당신의 슬픔을 이해하는 것이 법적으로 거부되었다는
슬픔을.

그런 방식으로 이해한다고 말하는 사람들을 이해할 수 없어서
구토에 중독된 아이는 루비 안에 들어가보기로 했다.

그러나 아이는 이해한다고 말하는 사람들을 이해할 수 없었다.
슬픔을 이해한다고 말하는 것은 슬픔이 아니었으므로

이해해요. 당신의 슬픔을 비로소 이해해요.
루비의 출구에서 울면서 그렇게 말하는 사람들 사이를
아이는 비틀대며 지나갔다.

차분하게 화장실로 향했다.
칸을 닫고
비로소 변기와 아이만이 공간을 차지하고 있었을 때.

아이는 목구멍에 손가락을 집어넣고 구토를 했다.
안도감이 밀려왔다.
아이의 구토는

붉고
빛났다.

아이는 자신의 구토에 루비라는 이름을 붙여주었다.

잠시 뒤 루비는 변기 속으로
모든 오물이 뒤섞이는
하수도로 섞여 들어갔다.

이해해요. 당신의 슬픔을 이해해요.
사람들이 돌림노래처럼 정해진 음정으로 서로의 슬픔을
다독여주는 동안

루비는 더러운 곳으로
더 더러운 곳으로

사람은 갈 수 없는 지하로

어떤 사람이 일하고 있는 지하로 쏟아져 내렸다.

* 제목은 친구 오은국이 시보다 먼저 제시해주었다.

기념일

네가 말했다. 크리스마스 말고 범지구적인 기념일이 하나 더 있어야 해.

왜? 내가 묻기도 전에 너는 이어 말한다.

크리스마스가 축복과 기쁨의 날이라면 저주와 슬픔의 날도 있어야 마땅한 거야. 꼭 저주와 슬픔의 날이 아니어도 되긴 해. 축복과 기쁨의 날이 아닌 날이면 돼. 그래, 그게 정확한 것 같아. 그날 사람들은 나무에 무언가를 장식도 하지 않고, 원래 장식되었던 것들도 떼어버리고, 스스로를 꾸미지도 않고, 맛있는 걸 요리하지도, 먹지도 않고, 서로를 만나지도 않고, 노래를 듣지도 않고, 다 함께 부르지도 않을 거야. 방 안에서, 딱 한 명만 누울 수 있는 공간에서 온종일 시만 쓰는 거야.

왜 소설이나 희곡이 아닌데? 내 질문에 너는 이렇게 답한다.

사유가 실뭉치라고 생각해봐. 그날은 사람들이 실뭉치로 무언가를 만드는 날이 아닌 거야. 실뜨기하는 날도 아니고. 그냥 엉켜 있는 타래를 또 다르게 엉켜 있는 타래로 만드는 거야. 그러니까 극이어서는 안 돼. 알겠니?

모르겠지만 나는 고개를 끄덕인다.

하지만 시를 쓰다가 나무에 무언가를 장식하고 싶다면, 원래 장식을 되돌리고 싶다면, 스스로를 꾸미고 싶다면, 맛있는 걸 요리하고, 먹고 싶다면, 서로를 만나고 싶다면,

노래를 듣고 싶다면, 다 함께 부르고 싶다면 그렇게 해도 돼. 딱 한 명만 누울 수 있는 공간을 조금 더 넓혀서 한 명을 더 초대해도 돼.

방금!

네가 나를 본다.

너, 그게 아무것도 아닌 날이랑 뭐가 다르냐고 물으려고 했지?

나는 그러려고 한 적이 없지만 너의 말을 듣는다.

다른 거야, 다른 기념일들도 사실은 기념하지 않아도 되지만 어쨌든 기념일이잖아. 우선은 범지구적으로 축복과 기쁨의 날이 아닌 날로 정해놓은 거니까. 우리는 그렇게 축복도 기쁨도 버리기로 한 날에 대한 공통감각을 갖는 거야.

네가 나를 본다. 너의 얼굴이 희미하다. 너의 목소리가 내 뼈 안에서 울리는 것처럼 더 낮고 친절해진다.

그렇다면 너 말고도 나를 볼 수 있는 사람들이 많아질 거야. 다음에 또 봐, 친구. 다음 기념일에 찾아올게.

나는 잠이 오는 것을 느낀다. 너는 내가 잠드는 동안 방 안에 어질러진 옷가지들, 화장품들, 편지들, 휴지들, 책들을 정리한다. 얼룩진 피가 묻어 있는 곳도 닦아준다. 고마워…… 말을 하고 싶지만 졸려서 입술만 달싹일 수 있을 뿐이다. 나는 단 한 명만 누워 있을 수 있는 나의 공간이 서서히 잦아드는 것을 느끼며 부드러운 잠의 세계로 진입한다.

카운트

소설집을 펼쳤는데 아주 작은 벌레가 짓눌려 죽어 있는
것을 보았다.

아주 작은 벌레는 아주 작았지만
날개가 달려 있어
벌레라고 짐작됐다.

물론 천사도 날개가 달렸지만

천사는 구체적인 세계를 두려워한다.
결벽증 환자처럼.

그러니까 책장 사이에 끼여 죽는 불상사를 피할 수 있는
거라고,

그가 죽을 때 누군가 말했다.

그는 벌레가 아니다.

적어도 사망자 수에 포함되었다.

나는 소설이 더는 궁금하지 않은데
그래도 읽는다.

끝이 있는 이야기가 필요해서.

알로에   종이컵

믿음이란 말로 사랑이란 말로 때우지 말고 정확하게 말
하라고
애인이 부탁했기 때문에 나는 사전을 펼치고 단어를 하
나씩 지우기 시작했습니다
그렇게 최종적으로 남은 두 단어는

알로에와 종이컵

아니요, 알로에와 종이컵이라고 말하면 안 됩니다

알로에
종이컵

이게 정확합니다
이 두 단어를 남긴 후에 우리가 무엇을 했냐면요

마트에 가서 알로에를 찾다가 그런 건 팔지 않는다는 걸
알게 되고 종이컵만 사오고
알로에는 마켓컬리에서 주문하기

그렇게는 안 했습니다
계속 만났습니다 헤어지자는 말없이 헤어지고 만나자는
말없이 만나고

종이컵이라는 단어가 필요한 순간에
알로에라는 단어가 필요한 순간에
그 두 단어만 말했어요

그렇게 말할 수 있는 순간을 기다리지도 않았습니다

언젠가는 이런 대화가 있었습니다

내가 알로에? 묻자
애인이 종이컵. 이라고 답했습니다

명사형 죽음

아는 사람이 죽었음
나는 그 소식을 식당에서 들었음
학교 근처 식당이었음
아는 얼굴들이 많았음
모르는 얼굴들이 앉은 테이블에서
아는 이름이 나왔음
아는 일화를 가진 아는 이름이었음
그러므로 아는 사람이었음
반가웠음
모르는 얼굴들은 그가 불쌍하다고 했음
죽었다고 했음
그가 죽은 건 내가 모르는 일화였음
나는 그의 얼굴을 잠깐 떠올려보았음

주문하신 마파두부덮밥 나왔습니다
그는 마파두부와는 관련 없음
모르는 얼굴들 중 하나가 살짝 눈물을 훔쳤음
왜 우는 것임?
왜 식당에서 남이 죽은 이야기를 하며 우는 것임?
나는 따질 자격 없음
나는 마파두부덮밥 비볐음

그가 죽은 이유 궁금하지 않았음
모르는 얼굴들이 식당에서 나가기를 바랐음
그들의 대화는 길어졌음
아는 사람 앞에 부사가 끝없이 붙었음
그건 내가 모르는 사람의 삶
나는 두부를 꼭꼭 씹었음

식당 안은 어느새 울음바다가 되었음
일어날까? 일어나자 이제
모르는 얼굴들이 식당에서 나갔음
나는 그 후로도 한참 앉아 있었음
나 원래 밥 먹는 속도 느림

착각 애도

거울을 보면 거울 뒤에 누군가 서 있고 그것은 내가 사랑하던 너 같고

너를 사랑하게 된 순간은 아마
우리가 함께 길을 걸었을 때
도로 위에 죽은 새를 보고
새는 날아다니는데 왜 차에 치였을까 내가 생각하는 사이
네가 새를 길가로 옮겨놓을 때부터

네가 땅을 파고
내가 그것을 묻게 하고
네가 잠깐 기도했을 때부터

너를 사랑하게 된 순간은 아마, 에서
아마, 가 분명, 으로 바뀔 때

거울 속 내 뒤에 서 있는 누군가 천천히 돌아보고 그것이 네가 아니라
나의 얼굴과 닮아 있다고 느끼는 순간

거울이 깨지고

그 새를 죽인 것이 나였다는 기억이 나고

네가 한 것은 기도가 아니었다고
맞잡을 손이 제 것밖에 없어 제 양손을 서로 쥐었을 뿐
이었다고

그러나 그것은 나의
잘못된 조각
깨진 거울을
다시 맞추고 싶다는 의지로부터
벌어진 상처

깨진 거울로부터 빛이 아니라 피가 흘러내릴 때
나는 뒤를 돌아보고 거울 속에서 나를 돌아보던
나를 발견하고
숨을 죽이고 천천히
내가 나에게 다가오는 것을 받아들인다
내가 키스할 듯 고개를 숙이면

그제서야 그게 내가 아니라 너인 걸 깨달아

새를 옮긴 것은 나인 걸 깨달아

아마도 그건 너를 사랑하지 않게 된 날로부터
혼자서 땅을 파고 새를 묻고 기도하는 동안
내가 맞잡을 네 손이 없었던 날로부터
깨진 조각

네 입술을 피할 때

피 대신 빛이 흐를 때
나는 닦을 수 있는 액체가 필요해
내 거울에선 빛 대신 피가 흐를 수밖에 없었고

그것은 내 거울이 흘린 눈물이어서

이제는 정말 보내주어야 한다고
비로소 내가 깨진 조각을 손으로 훔치고

거울이 아닌 내게서 피가 흐를 때

손이 맞닿을 때 생기는 작고 검은 틈새 같은
살짝 벌어진 입가에서부터 너는 사라지고

거울이 다시 맞추어지고
거울 속에는 네가 없고 나도 없고

다만 검고 흰 새 한 마리 휙 날아간다

격리

죽은 사람과 산 사람이 큰 방에서 싸웁니다.

저러다 누가 또 죽을 것 같습니다.

그러나 나는 작은 방에 혼자 있어요.

작은 방엔 나만 있고 나는 싸울 상대가 없으므로

그냥 가만히 있는 겁니다.

수술실과 대기실이라고 바꿔 말하면

이해하기 쉬울까요? 그러나

병원에 간 적은 없습니다.

배우기만 했습니다.

다치면 죽기 전에 가야 한다고.

다음 날 아침 거실에서 나는 결과를 확인할 수 있었습니다.

또 죽은 사람과 또 산 사람이 있었습니다.

또 죽은 사람은 나와 함께 아침을 먹고 또 산 사람은 밖으로 나갑니다.

식사는 죽은 사람도 할 수 있고 외출은 산 사람만 할 수 있기 때문입니다.

나는 잘게 잘게 음식을 씹으며

입안으로 처넣을 수 없는 슬픔을 떠올립니다.

또 죽은 사람이 내 맞은편에 앉아 있으므로

슬픔을 검열할 필요가 있습니다.

그건 삼키지도 뱉지도 못하며 그렇게 말해서도 안 되는 것이에요.

그러니 식탁에서 추방입니다. 여기서부터
빈 그릇입니다.
또 산 사람은 병원에서 의사와 마주보고
어떻게 하면 죽게 되는지 설명을 들으며 고개를 끄덕였
을까요.
거기서도 책상 밑으로 슬픔을 떨어트려서
내용 없는 검사지만 산 사람 앞에 놓였을까요.
검사지를 반으로 접고 가방에 넣고
산 채로 죽은 사람 품으로 돌아오면
둘은 의사를 흉내 내며
나를 작은 방에 집어넣을까요.
빈 거실입니다.

레이스

엄마는 도망치는 꿈을 자주 꾸었다

시작이 어디였는지, 무엇에 쫓기는지도 모른 채 두 발로 허겁지겁 뛰다 나중엔 네 발로 뛰었다 네 발로 뛰다 보면 어느새 짐승이 되어 있었다 뛰는 것을 멈출 수 없어 꿈에서 깰 때까지 달렸다

한 이불을 덮고 자면 꿈이 옮는단다 너도 언젠가 그 꿈을 꾸게 될 거야
엄마가 내게 조용히 건넨 말은 저주처럼 들렸다 그러지 말고 내가 덮을 새 이불을 사주면 되잖아 나는 그렇게 말하지 않았다 집에 있는 이불은 혼자 덮기엔 너무 컸으므로, 엄마는 체구가 작았고 나는 엄마보다 더 작았으므로

내가 엄마만큼 커졌을 때
나는 도망치는 꿈을 자주 꾸었다

나와 함께 이불을 덮은 사람들은 내가 꾼 꿈을 꾸지 않았다 나도 내 꿈을 꿔줄 딸을 낳아야 할까 그런 생각이 들 땐 꿈에서 쫓아오던 사람이 엄마였던 것만 같고,

문득 서늘하게 느껴지는 이불을 들추자
발부터 몸이 점점 희미해지고 있었다

레이스, 레이스
나는 중얼거렸다
이것은 저주가 아니다

도망가고 싶은 마음을 참으며 발이 땅에 닿는 감각을 되
새겼다 다시 이불을 덮고 눈을 감았다 꿈을 꿈속에 가두기
위하여,
중얼거렸다

나는 유령이 아니라고 엄마가 짐승이 아니듯이
이것이 경주가 아니듯이

체리가 익어갈 무렵

같은 옷을 입은 우리에게
미용사가 물었다
두 분 아주 친하신가 봐요

친하다: 가까이 사귀어 정이 두텁다
그래요, 우리는 아주 친하긴 하지만

우리는 연인이에요
내가 머리를 자르러 온 이유도
여자친구 이상형이 단발머리이기 때문이에요

나는 왜 말하지 않았을까

우리가 같이 입은 옷이
흰
빛나는
드레스라면

우리를 축하하기 위해 묶인 꽃다발을 들고
우리를 축복하기 위해 깔린 붉은 카펫 위를
걷는다면

같은 반지를 나눠 낀다면

사람들 앞에서 맹세하고
박수 받는다면
그들에게 음식을 대접한다면

혼인신고서를 작성하고

수리되고

신혼부부 전세대출을 받아
같은 집에서
살게 된다면

나는 말할 수 있을까
우리는 연인이에요,

나는 말하지 않을 것이다

같은 옷을 입은 우리에게
내 단발머리를 보고
정말 예쁘다,
감탄하는 나의 부인에게

두 분 아주 친하신가 봐요,
미용사가 묻지 않을 것이므로

흰
빛나는
바닥으로 검은 머리칼이 떨어진다

가만히 귀 기울이면 그 소리를 들을 수 있다

신부가 움직일 때
드레스에 장식된 가벼운 레이스에서 나는 소리

내용과 연관 있으면서도 확장성 있는 제목

이 구절은 묘사다
이 구절은 앞 구절을 살짝 비튼 것

이 구절은 살짝 비튼 후 더 나아간 것
휘청거리는 사물을 잠깐 비춰준다

건조한 심상을 여기에 넣는다

놀랄 만한 문장, 앞의 건조함은 화재 때문이었대요
앞의 풍경은 불탄 후의 풍경이었대요

점프

다른 풍경, 식물이 등장한다
불에 타지 않는 식물이다
식물의 나선잎차례

누군가 했던 말

이 구절은 묘사다
메타가 질린 사람들을 위해 실제로 겪은 일이라고 적는다
혹은 겪을 거라고

식물이 재등장한다
불타고 있다

이 구절은 첫 문장의 변용이다, 모든 걸 어긋나게 엮어
준다

이 구절은 전혀 다른 묘사이고
아주 매력적이다

놀이터에 혼자 앉아 있는 어리고 건방진 신

태초에 의자가 있었다 나는 그 의자에 앉았다 그것이 가
장 큰 실수였다 의자의 다리를 부러트렸어야 했는데

빛이 나를 감쌀 때
내 발밑엔 그림자도 없고
어쩌면 내가 빛일 수도 있겠다,
시소도 미끄럼틀도 작은 오두막도
내가 있어 존재하는 거라고 생각하면
조금은 위로가 되었다

의자가 나를 앉힌 게 아니라 내가 의자에 앉았다고 착각
할 수 있었다

그러나 태초에 빛이 없었고
어둠 속에서
더듬거리며 등받이를 찾아냈을 때
거기에 빨려 들어가듯 등을 기댔을 때

나는 내가 신이 아니라는 걸 이미 알았다

의자를 부러워했다는 걸
다리가 부러지면 못 쓰게 되는 점이 특히

빛을 튕겨 내면서
길게 뻗은 그림자를 보면서 나는
그것이 키가 아니라 시간을 나타낸다는 것을
깨닫기까지 기다렸다

저녁이었고
나는 식구가 없어도 앉아서 밥을 먹어야 했다
해가 완전히 진 후 어둠 속에서 의자를 삐그덕대는 짓을
그만둬야 했다

미아

삶이 내 손을 놓고
그만 가라고
타이르다가
소리치다가
그냥 내 손을 놓고
인파 속으로 사라졌을 때

나는 멍하니 서 있다가
가기로 했다
인파를 가로질렀다

길목에서
어떤 아저씨가 후크 선장으로 분장하고
노란 풍선을 나누어주고 있었다

왜 피터팬이 아닐까?
아마 풍선을 걸기 위한
고리가 필요했기 때문일 거야

그냥 아저씨가 너무 늙어서 이제 피터팬 분장은 안 어울
리는지도 모르지

나는 삶의 손 대신 풍선을 잡고
다시 걷다가
귀엽다
말고 아무도 아무 말도 해주지 않아
공원이 잘 보이는 계단을 찾아 앉았다

난간에 실종 아동을 찾는 전단이 붙어 있었다
그중 나와 가장 닮은 아이를 찾았다
너무 잘 붙어 있어서 종이가 좀 찢어졌다

노란 풍선을 놓고

조금 찢어진
나와 닮은 아이가 그려진 실종 전단을 들고

다시 인파 속을 가로질렀다
어머,
이런 감탄사와
아이의 머리칼을 쓰다듬는 사람
조금 더 골똘히
전단을 쳐다보는 사람이 있었다

나와 전단 속 아이를 번갈아 보다가
무언가 대단한 발견을 했다는 듯
저 아이, 이십사 년 전에 실종됐대
그럼 이 아이는 뭘까,
아마
실종 아동에 대한 관심을 촉구하는 프로젝트겠지
어디서 우리를 찍고 있을지도 몰라

이십사 년 전이면 얼굴이 많이 달라졌겠다
비슷한 광고를 본 것 같아
말했다

그들은 잠시 자신이 해야 하는 일을
조금 더 골똘히
생각하다가

자신의 뒷머리를 쓰다듬으며
인파 속으로 들어갔다

나는 전단을 놓고

삶이 하라고 시킨 일을 해야겠다고

결심하고
바로
달렸다

나와 부딪힌 사람들이
쟤 뭐야, 애엄만 뭐하는 거야
짜증을 내기 시작했다

단어가 사라진 자리

　그는 악필이고 편지를 자주 썼다 나는 그가 쓴 편지를 해독하기 위해 노력했고 어떤 단어는 사랑이어도 말이 되고 사람이어도 말이 되었다 내가 그에게 묻자 그는 자신도 모르겠다고 했다 자신도 자신이 쓴 글자를 알아볼 수 없다고

　그 후로도 그에게 편지를 몇 통 받았으나 읽히지 않는 글자는 읽히지 않는 대로 놔두었다 사랑이어도 말이 되고 사람이어도 말이 되는 비겁한 방식으로 그가 썼으므로

　나는 원래의 내 글씨체보다 또박또박 답장을 썼다
　이게 우리가 사랑할 수 없는 이유라고 생각하면서

　내가 고른 편지지에는 숲이 그려져 있었다 편지 봉투에 편지를 넣기 전에 숲으로 그림자 하나가 들어가는 것을 나는 보았다 나는 편지를 다시 읽어보았다 단어 하나가 사라져 있었는데

　무슨 단어인지 기억나지 않았다

　그가 내 단어 하나를 가져가버렸다고, 그렇게 이해했다 이해할 수 없는 사람과 이해할 수 있는 사랑이 단어가 사라진 자리에 함께 있었다

피크닉

피크닉을 했다.

피크닉을 하는 방법은 다음과 같다.
돗자리, 바구니, 빵과 과일과 주먹밥 같은 간단한 식사,
풀밭, 한적한 시간, 마음에 드는 날씨와 구름을 준비한다.
나열한다. 이때 차례를 조심해야 한다.
돗자리를 가장 먼저 펼쳐서는 안 된다.
풀밭도 안 된다.
나는 여러 번 시도한 끝에 알맞은 차례를 찾았고

드디어 피크닉을 했다.

피크닉을 갔다, 고 이야기하는 사람들은
피크닉에 대해 아는 바가 없거나
운이 좋은 사람들이다.
때로 갑자기

손에 도끼가 들려 있던 적이 없는 사람들이다.
도시락 바구니를 열었을 때 갓 태어난 아이가 있었던 적
이 없는 사람들이다.

이번엔 다행히 빵과 과일과 주먹밥이 들어 있었고
나는 피크닉을 했다.

시간이 멈췄으면 좋겠다고 생각했지만
시간이 멈추면 피크닉이 아니다.

나는 돗자리 위에 누워 지나가는 구름을 바라보았다.
와, 쟤는 토끼 같네, 말해보았다.

처치 곤란한 인간

당신은 혼자 따듯한 우엉차를 끓여 마시고
가만히 앉아
차가 몸으로 퍼져나가는 경로를 느껴보는 것을 좋아하고
그런 당신이 유일하다곤 생각해본 적 없죠
그러니 당신과 같은 인간이 나타난대도 놀랄 것도 없지만

당신과 나는 놀랄 만큼 똑같습니다

차를 삼키는 시간까지
피가 도는 속도까지

손을 맞잡아볼까요
미세하게 패인 주름들을 하나하나 겹쳐볼까요
같은 입술을 맞물리고
머리카락을 한 올 한 올 세어볼까요

세상엔 쌍둥이가 있고 쌍둥이가 아니더라도 아주 닮은
사람쯤이야 있을 수 있지만
당신은 알고 있습니다 당신에겐 쌍둥이가 없으며 우린
아주 닮은 게 아니라 아주 같다는 것
나는 어디서 왔을까요?

나를 책임지세요
그런 부탁은 안 하겠습니다 나는 다만 바랄 따름입니다
당신이 나를 인정해주기를
내가 외계인이란 것
지구에 나의 고향이 없다는 것
알 수 있는 사람 당신밖에 없으므로

동공끼리 맞대서 속을 들여다볼까요
우리는 속눈썹의 길이까지 같다는 것
눈동자의 둥근 정도까지
우리의 어둠까지 같다는 것

나를 외계인이라고 불러주세요
그럼 떠나겠습니다
당신을요
세상을요

당신은 고개를 천천히 끄덕이고
이렇게 입을 뗄 겁니다

내가 당신을 떠날게요

둘 다 떠나고 싶기에 둘 다 떠나지 못하겠죠
누군가는 지구에 남아
외계인을 보았다고
그것이 나와 같았다고 증언해야 하기에

우엉차가 담긴 찻잔에 손자국이 남았다가
서서히 사라지네요

지각과 영원 2

「지각과 영원」에는 나의 친구가 등장하고, 친구는 실명을 밝히고 싶지 않아 했고 나는 실명을 쓰기를 원했기 때문에 그 시는 공개적으로 발표할 수 없게 되었다.

친구는 자신의 친구들에게 그 시를 보여주기를 원했고, 나는 그것은 원하지 않았기 때문에 그 시는 우리 둘만 볼 수 있게 되었다.

때로 나는 나 혼자만 봐야 하는 시도 쓴다.

혼자서만 봐야 하는 시와 둘이서라도 볼 수 있는 시 중 어느 시가 더 외로울까? 우리가 아니라 시의 입장에서 말이다.
물론 시는 외로움을 느끼지 않으며 이것은 지극히 인간적인 관점이다.
나는 지극히 외로운 인간이기 때문에 외로움을 느끼지 않는 것들도 외로이 여긴다.
예컨대 내가 앉아 있는 눅눅한 지하철 의자가 외로움을 느낄 것이라고 생각한다.

생각한다. 지금 내가 쓰는 시는 시가 아니며, 「지각과 영원」에 대한 사족이라고.

그런데 모든 시리즈는 사족이며, 모든 시는 사족이다.

뱀은 사람을 꾀어낸 죄로 신에게 저주받아 배로 기어다니게 되었으므로 뱀에게 발을 붙여주는 게 나쁜 일은 아닐 것이다.

물론 뱀은 저주 따위 받은 적 없다. 신이 아니라 인간이 만들어 낸 저주다. 지극히 인간적인 관점으로…… 뱀이 배를 질질 끌고 다닌다고…… 그것이 불쌍하다고……

생각하는 인간에 대해 생각하다가 내려야 할 역을 놓쳤다. 나는 잘 놓치는 사람. 지각을 자주 하고. 내 친구들도 지각을 자주 한다. 우리는 지각해도 화내지 않는다. 늦잠을 잤나 보구나. 타야 할 차를 놓쳤나 보구나.

내 친구가 영원히 약속 장소에 등장하지 않아도.

나는 내가 뭘 놓친 줄 모르고. 더 이상 친구가 아닌 줄도 모르고. 계속 생각하겠지.

친구가 늦는구나……

Carved in stone

그 돌은 악의가 있어 보였습니다. 돌이 악의가 있을 수 있다니 이상하지요. 그 돌은 다른 돌들과 똑같이 둥글고 또 살짝은 모난 데가 있었어요. 그런데 그것이 견딜 수 없다고. 돌이 내게 말하지는 않았지만 그 돌에게서 악의가 느껴져서. 나는 그런 이유 때문이라고 추측했습니다.

그래서 나는 돌을 가져와서 조각을 했어요. 내 추측대로라면 다른 돌과는 다른 모양으로 만들어주면 해결되겠다고 생각했거든요. 나는 처음에 토끼 모양으로 돌을 깎았습니다. 제가 좋아하는 동물이거든요. 강아지는 멍멍, 고양이는 야옹야옹 하는 식으로, 동물에는 실제로는 그렇지 않은 의성어가 따라붙는데, 토끼는 그렇지 않잖아요. 그런데 돌이 명확히 토끼로 보일 때쯤,

돌이 기운을 잃었습니다. 악의가 없어지고 선의는 당연히 없고 그냥 돌이 되었어요. 그냥 돌이 되면 좋은 거 아니냐고요. 그렇지만 원래는 기운을 가지고 있던 돌이잖아요. 그런데 아무것도 안 느껴진다는 건 이상하지요. 나는 돌의 원래 모양, 그러니까 다른 돌들과 똑같이 둥글고 또 살짝은 모난 데가 있는 그 모양으로 되돌리기 위해 돌을 다시 깎았습니다. 당연히 돌은 전보다 훨씬 작아졌지만 자갈밭에 섞여 있으면 누군가 조각한 돌이라는 것을 알 수 없을 정도로 돌의 모습을 되찾았습니다.

하지만 돌은 기운을 되찾지 못했습니다. 괜한 짓을 했나, 그냥 악의를 품은 채로 자갈밭에 섞여 있는 게 나을 수도 있었는데. 나는 상심해서 돌을 주머니에 넣고 돌을 발견한 호수의 자갈밭으로 향했습니다. 그리고 주머니에서 돌을 꺼내 자갈들 사이에 적당히 놔두려다가

호수로 돌을 던졌습니다. 그런데, 물수제비가 되고 말았습니다. 놀라서 횟수는 정확히 세지 못했지만 돌은 경쾌한 리듬으로 수면 위를 통통 튀기면서 꽤나 멀리까지 간 다음 자취를 감췄습니다. 나는 태어나서 처음으로 물수제비를 성공시켰습니다. 나는 호숫가에 앉아 다른 돌들을 던져보 았지만 다시 그렇게 되진 않았습니다.

나는 그 후로도 그 일에 대해서 여러 상상을 했습니다. 수면 위를 걸어보고 싶었던 돌이 물수제비가 잘 되는 돌이 되기 위하여 조각가인 나에게 연기를 했다거나 물수제비를 한 번도 해본 적 없고 앞으로도 해볼 일 없는 나에게 물수 제비를 뜨는 경험을 하게 해주려고 돌이나 신적인 무언가 가 나를 이끌었거나 그런 말도 안 되는 망상이었는데 살다 가 악의를 품게 되는 순간이 찾아올 때 그런 상상을 하고 있으면 악의를 가라앉히는 데 도움이 되어서, 나는 종종 마 음속으로 그 돌을 매만졌습니다. 다른 돌들과 똑같이 둥글 고 또 살짝은 모난 데가 있는 돌이었습니다.

짧은 마법

그는 기다란 밤을 지나 짧은 노래를 만들었다 기다란 밤을 건너오지 못한 또 다른 그를 위한 추모곡이었다 햇살 속에서 사물들은 형체를 바꾸어 갔지만 사실 달라진 것은 아무것도 없었다 날이 유독 길었다 날이 긴 것이 아니라 밤이 찾아오지 않는 것임을, 이제 이 세상은 영원한 태양 아래에서 빛나야 한다는 사실을 사람들이 하나둘 깨닫기 시작했을 때

그는 옥상에서 아래를 내려다보며 이 세상에서 움직이는 모든 것이 장례 행렬 같다고 생각했고

목뒤에 선크림을 발랐다

땀을 흘리며 노래를 불렀다

그는 영원한 태양 아래 있었고 또 다른 그는 기다란 밤에 갇혀 있었으므로 그는 그에게 노래를 들려줄 수 없었다 근처에 사는 사람들이 노래를 듣고 이 대낮에 누가 노래를 하는 거야, 불평했지만 듣기에 나쁘지 않아 가만 놔두었다

더 듣고 싶어졌을 때 노래가 끝났다

노래하는 동안 옥상의 초록이 잠깐 잔디로 바뀌었다가
노래가 끝나자 옥상으로 돌아갔다

환영받는 일

환영합니다. 호텔 자동문을 지날 때 그런 소리가 들렸다. 부드러운 여자 목소리였다. 나는 남자가 잠든 밤에 방에서 빠져나와 자동문 사이에 섰다. 자동문은 닫히려다가 나를 인식하고 열리고 닫히고 열리고 닫히고 열렸으며, 여자는 그때마다 계속 환영합니다. 환영합니다. 환영합니다, 그랬다. 이제 그만 가버려. 나는 여자가 그렇게 말해주길 바랐다. 화를 내길 바랐다. 이제 그만 가버려. 하지만 그런 일은 일어나지 않는다.

그런 일은 일어나지 않는다, 그렇게 생각하며 다시 호텔 안으로 들어가려는데, 아, 이제야 가네, 미친 거 아니야? 하는 소리가 들렸다. 나는 놀라서 돌아섰고 자동문은 닫히고 있었고 여자는 말했다. 이걸 바란 거 아니야? 나는 그렇다고, 고맙다고 말했다. 이제 그만 가버려. 미친 여자야. 여자가 말했다.

호텔로 돌아온 나는 소리 없이 짐을 챙겼고, 남자는 코를 골며 자고 있었다. 정말 추하군. 나는 이불과 엉켜 있는 남자의 벗은 몸을 바라보았다. 노트를 꺼내 그의 벗은 몸을 스케치했고, 침대 벽면에 걸린 추상화에 스케치를 끼워 넣었다. 이런 그림은 혹시 카메라가 설치되어 있지 않은지 살펴보는 사람 외에는 자세히 보지 않으니까. 혹여 그림에 관

심이 있는 사람이 이 방을 쓴다면, 이 스케치를 더 좋아할
거라고, 그런 짐작을 하면서, 나는 호텔에서 빠져나왔다.
도망치기 좋은 부드러운 새벽이었다. 환영합니다. 자동문
을 지나자 여자가 말했다.

HOMELESS GO HOME

안개가 낀다. 그는 안개가 마음에 들었다. 모두가 잘 볼 수 없다는 사실이 마음에 들었고 그는 안개 낀 날 교통사고로 죽은 친구를 가지고 있었지만 그건 안개에 대한 그의 호오와 관계없는 일이다. 어쩌면 관계가 있을 수도 있다. 그 친구가 죽은 건 사고가 아니라 자살이었을 수도 있다.

그러나 자살도 사고지. 그는 서서히 그러나 급격히 짙어지는 안개를 보면서 오늘은 평소보다 더 심하다고 생각했다. 무엇이. 날씨가. 그의 상황이? 그는 운전을 오래 해야 하는 직업을 가졌으므로 둘 다 동시에 나쁠 수밖에 없었다. 사실 그가 운전을 오래 하는 이유는 직업보다도 차가 그의 집이기 때문이다.

그에게는 집이 없었다. 새삼스럽게도 날씨가 나쁘면 그는 집 없음을 온몸으로 체감했다. 그렇지만 그는 안개가 마음에 들었다. 모두가 잘 볼 수 없다는 사실이. 안개가 짙게 낀 날이면 그가 마음에 들어 하지 않는 친구를 차로 치었을 때 아무도 모르게 숨겨버릴 수도 있을 것이다.

그렇지만 그를 죽인 건 그가 아니다. 그는 그냥 죽은 것이다. 그냥. 그는 그냥이라는 말을 곱씹었다. 그래. 그냥. 그의 차는 안개 속으로 서서히 들어가고 있었고 밖에서 보면

그건 안개 속으로 서서히 사라지고 있는 것과 비슷하게 보일 것이다. 안개에게 심장이 있다면 거기로 들어가고 싶군. 그는 생각했다. 그는 생각하는 것을 별로 좋아하지 않았다.

그가 좋아하는 것은 안개. 안개 앞의 안개. 안개 뒤의 안개 뿐이었다. 그는 자신이 좋아하는 게 별로 없다는 사실이, 아니 좋아하는 게 단 한 가지뿐이며 모든 것이라는 사실이 마음에 들었다. 마음에 들어야 한다고 생각했다. 그렇게 생각하지 않으면 생각거리가 무한히 늘어났으므로. 그는 안개의 심장에 도착했다.

죽은 친구가 그의 얼굴을 하고. 뒤집히고 부서진 차를 타고 있었다. 여기까지 오느라 수고가 많았다고. 정말 수고가 많았다고. 이제는 집으로 돌아가자고. 그랬다. 집이 어디에 있는데? 그냥. 죽은 친구는 그의 목소리로 답했다. 그냥 있어. 그냥 있을 수도 있는 거잖아. 그렇구나. 하지만 나는 일을 해야 해. 어딘가에 있던 화물을 다른 어딘가로 옮겨야 해. 영원히 떠도는 화물처럼 나도 영원히 떠돌아야 해. 그가 답했다.

그렇구나. 그렇지만 집으로 돌아가고 싶을 땐 다시 여길 찾아와. 친구가 말했다. 그래. 알겠어. 친구와 헤어지고 어딘가로 화물을 옮기면서 그는 생각했다. 화물 센터 말고 돌아갈 수 있는 곳이 생겼구나. 하지만 좋아할 수 없었다. 그 곳으로 돌아가는 것을 좋아하게 되면. 자기 것이 아닌 수많은 물건을 싣고 앞이 보이지 않는 길 위를 떠도는 일을 못하게 될 것 같았다.

그는 일하지 않는 길을 가본 적 없었다. 그는 죽음의 길을 가본 적 있었고 뒤집히고 부서진 차를 타고 있었다. 그의 이마에 핏방울이 흘러내렸는데 그는 그것을 땀방울이라고 여겼다. 이런 추위 속에서도 그는.

언덕을 뛰놀던 아이들이 그것이
무덤이었음을 눈치챌 때

여름 언덕을 뛰놀던 아이들이 그것이 무덤이었음을 눈
치챌 때
놀까 도망칠까

흰 백숙을 먹을 때 상상력을 어디에 쓸까
불쌍한 동물들을 위로할까 생생한 살을 떠올릴까

남자가 양복을 벗어날 때 나는 치마에서 벗어날까
알몸에서 벗어날까

내가 아이 낳지 못함을 알게 될 때 너는
울까 웃을까

잘못 던진 공이 싫어하던 노인의 창문을 부수었을 때
무서울까 기쁠까

그 노인이 죽었을 때 안방에서 천천히 썩어갈 때
나는 알까 모를까

까마귀가 진선을 띠날 때처럼 내가 니를 띠날 수 있을까
그 이전에
까마귀와 전선에 우리를 빗댈 수 있을까

여름 햇살이 눈 안에서 뜨겁게 반짝일 때
기꺼이 눈을 잃을 수 있을까

무덤에 절을 하던 사람들이 그것이 텅 비었다는 걸 모른
체할 때
외로운 늙은 유령이 우리집 벽을 드나들 때
내 돈으로 살 수 있는 물건을 도둑질할 때

나는 내 심장을 인정할까 인정하지 않을까

내가 내 심장을 인정할 때
나는 비로소 살까 죽을까

대화

그는 초능력자야. 무슨 초능력을 가지고 있는데? 그가 우산을 펼치면, 그 우산 안에서만 비가 내려. 그게 무슨 초능력이야? 이해를 못 했어? 다시 말해줄게. 그가 우산을 펼치면, 그 우산 안에서만 비가 내려. 우산 밖에서는 비가 내리지 않아. 그가 우산을 접으면, 세상에 비가 내리기 시작해. 그러니까 맑은 날에는 그가 우산을 쓰고 있는 거야. 혼자 비를 맞으면서. 그러니까, 그게 뭐가 초능력이란 거야? 그러면 그 사람은 우산을 펴든 안 펴든 비를 맞아야 하잖아. 초능력이지. 초능력의 초가 뭐야? 뛰어넘는다는 거잖아. 그래? 내가 봤을 땐 그 사람, 뛰어넘은 게 아니라 넘어진 것 같은데? 말장난하지 마. 아니, 말장난은 네가 하고 있지.

그러니까 넌 왜 우산을 안 쓰고 있는데?

네가 그러고 생각해봐. 우산을 쓰는 쪽이 외로울까, 우산을 안 쓰는 쪽이 외로울까? 우산을 쓰면 자기만 비를 맞으면 돼. 세상을 지키는 기분이 들 수도 있지. 우산을 안 쓰면 세상엔 비가 내려. 사람들은 우산을 쓰겠지. 비를 막겠지. 그는 세상에 내리는 비도 지기한테 내리는 비도 막지 못하겠지. 나라면, 우산을 쓰는 쪽을 택할 거야. 세상을 지키는 기분이라도 느끼면서. 그런데 지금. 비가 오고 있잖아. 며칠째. 호우주의보가 발령됐지. 그러니까 그는……

147

외롭다는 거지?

그래. 혹시 그가 폭우 속에서 헤매고 있다면……

아니, 그 사람 말고. 너 말이야. 너 집이 어디야? 내가 데려다줄게.

……나, 집이 없는데.

그럼 우리 집이라도 잠깐 왔다 가. 비가 그칠 때까지. 내가 이 폭우에 하나뿐인 우산을 그냥 줄 만큼 친절한 사람은 아니거든. 같이 쓰고 가자.

비가 영원히 내리면 어떡해?

영원히 오는 비는 없어, 바보야. 구름이 소진될 때까지 내리겠지. 그리고 온 세상에 한꺼번에 비가 내리는 경우도 없지. 어떤 곳에 비가 오면, 어떤 곳은 맑은 거지.

내가 그걸 모르겠어? 이건 시라고.

아니, 이건 대화야. 날씨는 비, 장소는 바깥, 사람은 너랑 나, 그리고 우산 하나. 내가 비 맞고 있는 사람을 모른 척 할 정도로 불친절한 사람은 아니거든.

우산을 쓰고 가는 길에 두 사람은 문을 닫으려는 편의점을 발견했고, 아르바이트생한테 부탁해서 우산 하나를 겨우 구입할 수 있었다. 우산이 두 개 생긴 그들은 헤어졌고, 그 후로 영원히 다시 마주친 적 없으며, 다음 날 둘 다 심한 감기몸살을 앓았다.

그러나 풍경은 아름답다

그러나 풍경은 아름답다.
산일 수도 있고 바다일 수도 있을 것이다.
둘 다 보이지 않는 도심일 수도 있다.
불쾌한 얼굴을 한 사람들이 서로의 가능성을 알지 못한 채
손에 쥔 컵에 담긴 음료의 이름만큼만 상상력이 허용된 교차로를
빠른 걸음으로 지나가고 있는 중일 수도 있다.
그러나 그때도 풍경은 아름답다.

창문이 커다란 호텔에서도
창문이 작은 집에서도
창문이 없는 방에서도
침대에 가만히 누워서
깜빡이는 전등을 바라볼 때도
전등을 떼고 자기 머리를 대신 매달아
죽은 언니를 따라 해보려고
집에서 가장 튼튼한 끈을 찾고 있을 때도
그래서 마침 하늘을 날아가던
천사를 보지 못할 때도
사후세계가 있다면
천국은 없고 지옥만 있을 것 같아

지옥에는 풀이 없다던데
지옥에는 햇빛이 없으니까
지옥에는 초록이 없으니까
그렇다면 내 방은 이미 지옥이구나
운동화 한 짝에서 끈을 풀어낼 때도
매듭을 풀고 수많은 고리에서
끈이 차례로 빠져나가는 동안에도
오로지 그것만
기다란 흰 끈이 작은 은색 고리를 통과하고 있는
그것만이 시야에 들어올 때도
그러나 풍경은 아름답다.

삶을 포기하고
죽음도 포기하고
기다란 흰 끈을 손에 쥔 채로
나는 생각했다.
오래 생각했다.
비가 내리는 놀이터
지금은 코르크 바닥재로 바뀐
내가 어렸을 땐 모래였던
그 바닥에
나뭇가지로 그림 그리고
여기가
내 집이야
내 성이야
했던 날.
공주였다가 왕이었다가

질리면 그네 탔던 날.
비에 젖어 흙도 놀이기구도
더 선명히 보이고
언니는 그네를 너무 세게 밀었다.
무서웠는데 정말 무서웠는데
무섭지 않은 척 하늘을 바라보았고
멀지 않은 곳이 이미 맑았다.
날씨의 경계가 보였다.
그때부터 이곳이 흐려도 맑은 저곳을
이곳이 맑아도 흐린 저곳을
상상할 수 있게 되었다.

회상을 마치자 창문이 생겼다.
창문을 열자
천사가 지나간 자리에 남은 비행운이 보였다.

그것은 이미 내가 모르는 곳으로 날아가고 있었다.

아무도 가질 수 없어

차도하 시인의 목소리를 처음 들은 것은 온라인 마피아 게임에서였다. 오리가 거위로 위장해서 거위를 죽이고 다니고, 거위들은 투표를 통해 오리로 의심되는 거위를 색출하는 게임이었다. 게임이 시작됐다. 내가 오리였다. 내 앞에 차도하 거위가 보였다. 그런데 갑자기 차도하 거위가 내게 말했다.

— 님 오리죠.

나는 아직 아무도 죽이지 않았고, 의심을 살 만한 어떤 행동도 하지 않았는데…… 차도하 거위는 아무나 의심하고 찔러본 것이 아니었다. 차도하 거위의 목소리는 내가 오리라는 것을 침착하게 확신하고 있었다. 내 영혼이 꿰뚫린 것 같았다. 크게 당황해서 변명도 하지 못하고 도망쳤다. 차도하 거위에게서 멀리 떨어지면서 생각했다. 저 사람 목소리가 정말 좋네. 잘 들리고, 똑똑함이 묻어 나오고, 엄청나게 달콤하고 사랑스러운 목소리를 가졌네.

그로부터 몇 달 후에 친구의 소개로 나는 차도하 시인과 친구가 되었다. 우리가 두 번째 만났을 때였다. 우리는 어쩌다가 죽음에 관해서 얘기를 나누게 되었고, 나는 그날 차도하 시인이 한 말을 절대 잊지 못한다. 차도하 시인은 예의 그 귀여운 목소리로 또박또박 말했다.

— 안 죽어요. 저는 살고 싶어요. 절대 죽지 않을 거예요. 그럴 수만 있다면 영원히 살았으면 좋겠어요.

우리는 가질 수 없는 것을 가장 가지고 싶어 한다. 그러니까 살고 싶다는 말은 죽고 싶다는 말보다 더 슬픈 말이다. 그러나 나는 그 말을 들으면서 어쩐지 슬퍼할 수 없었다. 차도하의 목소리가 사랑스러웠기 때문이다. 그건 모든 것을 알고 있는 목소리였다. 그래서 나는 차도하 시인을 염려하는 대신 믿기로 했다. 나는 아직도 차도하 시인을 믿는다. 그럴 수 있다면 영원히 믿었으면 좋겠다. 차도하 시인의 목소리가 얼마나 좋은지 아는 사람이 시집의 발문을 썼으면 했다. 슬픈 결말이 너무 많은 이 시집에서 지혜롭고 용감한 목소리를, 차도하의 선택들을 발견하고 존중할 수 있었으면 했다. 내가 그럴 수 있었으면 했다.

— 이건 다 내가 지어낸 이야기예요. 왜냐하면.

차도하의 시에는 시인이 시 속에 등장해서 자신이 지금 시를 쓰고 있다는 사실을 밝히는 장면이 무척 많다. 시에 대한 시, 메타시의 화자는 시라는 장르를 향해 자신도 잘 알지 못하는 거창한 의미나 상징을 투사하기 마련이다. 막연히 시를 세상에서 가장 대단한 것으로 상정하고, 그런 것을 쓰고 있는 나 자신이 얼마나 멋진지 뽐내기도 한다. 차도하는 그렇게 하지 않는다. 이 시집에 실린 첫 번째 시 「입국 심사」는 어떤 천국에 대한 소개로 시작한다. 그 천국에서는 "살아가며 했던 모든 말이 적힌 책"이 파쇄기에 들어간다. 그 천국은 살면서 알게 된 것이나 소유했던 것을 전부 잊거나 잃게 되는 천국이다. 그 천국은 무서울 정도로 비정하기도 해서, 가진 게 하나도 없어서 버릴 게 없는 불쌍한 사람들의 출입은 불허한다. "천국은 그들의 머리를 떼어 지상으로 힘껏 던진다." 그리고 다음 문장에서, 차도하는 지금 자신이 시를 쓰고 있다는 사실을 고백한다. 이 모든 설정이 자신의 상상이고 망상이라는 것을 친히 알려준다. 뭔가 좀 이상해지는 것은 그다음부터다.

자신이 천국에 도착하면 지금 쓰고 있는 이 시도 파쇄기로 들

어갈 것이라고 설명한 다음 "그러나 시를 쓸 것이다. / 많이 쓸 것이다."라고 선언하기 때문이다. 도대체 왜? 이 시집을 읽으면서 우리는 같은 질문을 수차례 던지게 된다. 도대체 왜 시를? 시가 무엇이길래? 천국에 가면 여기서 있었던 일이 전부 아무것도 아닌 일이 되어버리는데. 거기서는 동물을 가두어 사육하지도 않고, 수렵하지도 않는데. 그러니까 누굴 때리고, 구획하고, 통제하는 일이 없는데. 시가 없는데. 시가 없는 천국을 상상할 수 있는 사람이 어째서 시를 많이 쓰겠다는 각오를 다지고 있을까? 도하는 왜 시를 썼을까? 시가 진리를 담보한다거나, 존재의 무거운 의미를 벗겨낼 수 있다고 생각했을 수도 있지. 하지만 그런 믿음들도 종종 그저 자신이 지어낸 망상처럼 여겨질 때. 그럼에도 도하는 왜 시를 썼을까?

'내가 쓴 시'라는 표현은 어색하지 않지만 '내 시'라는 표현은 어색한 것 같다. 액자에 담긴 그림처럼. 다른 예술작품은 누군가가 사서 소유할 수 있는 것처럼 느껴진다. 하지만 문학작품은 그냥 말이나 생각에 불과한 것 같다. 그래서 내 것이라고 할 수 없는 것 같다. 누군가에게 보여주고 나면 이미 시는 내 것도 아니고 그 사람의 것도 아니게 되어버린다. 시는 아무도 소유할 수 없는 것 같다. 시에 대한 내 오래된 생각이다. 나는 도하가 나와 같은 생각을 하고 있었다고 생각한다. 도하는 항상 내 것이라고 할 만한 것이 없다는 감각에서 출발했다.

도하는 종종 사랑을 상상하고자 했다. 「동반자」에서는 사랑 기계를 만들어서 연인처럼 보이는 사람들을 거기 넣기도 했다. 도하가 넣은 두 사람은 한 사람이 되어서 돌아왔다. 합쳐진 것일지도, 그저 한 사람이 죽거나 증발한 것일지도 몰랐다. 도하는 사랑이 무엇인지 알고 싶어 했던 것 같다. 하지만 도하는 직접 자신이 만든 사랑 기계로 들어갈 수 없었다. 시가 망상이라면, 망상 속에서라도 우리는 부자가 될 수 있고, 딱 좋은 애인을 가질 수 있고, 세계의 왕이 될 수 있을 것이다. 하지만 도하는 시에서조차도 상상할 수 없는 것은 상상할 수 없는 채로 두었다. 「동

반자」의 화자는 자신이 만든 사랑 기계가 도대체 어떻게 작동하는지 제대로 이해하지 못한다. 기계를 분해하고 다시 조립하기를 반복하면서 검은 기름때만을 발견할 뿐이다. 화자는 실험체를 다시 기계에 넣는다. 실험체는 기계 속에서 사라진다. 차도하는 영영 기계의 규칙을 이해하지 못한다.

도하가 사랑을 가질 수 없는 이유는 상상할 수 없기 때문이다. 사랑이라는 단어에 어떤 단어든 바꿔 끼워도 마찬가지다. 상상조차 할 수 없으니 이해하거나 가질 수 없다. 도하는 어떤 것도 쉽게 확신하지 못한다. 「독서 유예」라는 시에는 "아빠가 또 칼을 휘두르면 나는 어떻게 하지? 아 결국 // 아빠 이야기를 해버렸어요 그렇구나 결국 아빠 때문이었구나 내가 책이라면 사람들이 여기서 책장을 덮겠죠"라는 문장이 있다. 도하는 독자들이 자신이 시를 쓰는 이유를 칼을 휘두른 아빠에게서만 찾게 될까 봐 괴로워하고 있는 것 같다. 그렇다면 가정 폭력 얘기를 하지 않으면 된다. 말하지 않으면 사람들이 속단하지 못할 것이다. 그러나 도하는 그럴 수 없다. 도하는 숨기지 않는다. 도하는 언제나 용감하다. 알려줘야 한다. 도하는 사람들을 속이거나, 자신이 얼마나 불쌍한지를 말하기 위해서 시를 쓰는 게 아니다. 도하는 상상하기 위해서 쓴다. 차도하 시인은 상상할 수 없는 것을 상상할 수 있기를 바라면서 상상할 수 있는 것을 상상한다. 그러기 위해서는 자신이 그나마 안다고 생각하는 것을, 자신이 가진 몇 없는 현실을 공개해야만 한다. 도하의 상상은 언제나 거기서 출발한다.

— 정말요? 고맙습니다.

이 시는 내가 읽어본 시 중에 가장 슬픈 시다. 도하가 시를 보여주면 나는 번번이 그렇게 반응하곤 했다. 도하의 시가 슬픈 이유는, 도하가 자주 자신이 쓴 시에서 소외당하기 때문이었다. 이번엔 무언가를 이해할 수 있게 되지 않을까? 가질 수 있는 관

계를 상상할 수 있게 되지 않을까? 그렇게 도하는 매번 새로운 상상을 시작했다. 그 상상은 아름답기도 하고, 비극적이거나 위악적이기도 하고, 가끔은 이상한 위로가 되기도 했다. 그러나 시의 결말부에 가면 어김없이 슬픔이 찾아왔다. 시에 시인이 기거할 공간이 없었다.

이 시집의 표제작 「미래의 손」의 첫 연에서, 도하는 이 시에 등장하지 않는 것들의 목록을 나열한다. 도하는 "이 시에는 시인이 등장하지 않"는다고 말한다. 시에는 공터에서 몰래 담배를 피우고 있는 중학생 차도하가 등장한다. 중학생 도하는 미래의 도하처럼 "관계"를 상상하지 못한다. 현실을 상상하지 못한다. 중학생 도하는 피우고 있는 담배 말고는 그 어떤 것도 손아귀에 쥐지 못한다. "담배는 아빠에게서 훔친 것. 아빠는 사랑할 수 없는 것. 가족이란 사랑할 수 없는 것. 친구도 애인도 사랑할 수 없는 것. 선생과 제자라면, 신과 신도라면 더더욱 사랑할 수 없고. 사랑을 떠나서. 그 모든 관계가 아닌 관계가 존재할 수 있는지" 중학생은 생각한다.

담배 필터가 타들어 갈 때까지 좋은 생각 같은 건 떠오르지 않는다. 이제 담배도 버려야 한다. 중학생 도하는 공터에서 빠져나가 산책을 하기로 한다. 그때 주머니에서 어떤 손을 잡는다. 그 손은 누구의 손도 아닌 자기 자신의 손이다. 그 손은 미래에 "시를 쓰게 될" 손이다. "미래의 손"이다. 여기까지만 읽으면 퍽 희망찬 시처럼 보인다. 「미래의 손」은 시가 사람을 구원하는 얘긴가? 어떤 관계도 구체적 현실이 아닐 때, 상상이 불가능할 때, 마음이 공터와 같았던 중학생 시절, 그때부터 나는 아마도 시를 쓸 운명이었는지도 몰라요. 이름 붙일 수 없는 것에 이름 붙이기 위해서. 계속 기대하고, 쓰고, 살아가야 했었는지도 몰라요. 도하는 그렇게 말하고 있는 것일까? 당연하지. 도하는 기대를 멈추는 법을 몰랐으니까. 계속 썼으니까. 그런데 내 마음이 왜 이럴까? 내가 너무 과민한 걸까? 나는 이어지는 문장을 읽고 너무 큰 슬픔에 빠져버린다.

하지만 지금 이 시에는 시인이 등장하지 않고

주머니 속에 깊게 손을 찔러 넣은 중학생이 당신을 지나치고 있을 뿐이다.
                                              —「미래의 손」부분

도하야, 네가 시인이잖아. 네가 화자로 이 시에 등장하고 있잖아. 그리고 저 중학생도 곧 시인이 될 거야. 그런데 왜 이 시에는 시인이 등장하지 않는다고 썼니. 내가 결코 너를 알아보지 못할 것이라고. 넌 항상 그랬어. 무수한 상상 속에도, 우울한 추억 속에도 네가 머무를 공간 따위는 없는 것처럼 굴었지. 그게 슬펐어. 그게 좋았어. 루비라는 이름을 가진 존재가 하수구로 떨어지는 시(「구현되지 않은 슬픔」) 있잖아. "사람은 갈 수 없는" 지하로 계속 내려가는 시. 분명히 사람은 갈 수 없는 곳으로 루비가 쏟아져 내렸다고 써놓고서, 바로 다음 문장에서는 거기 "어떤 사람이 일하고 있"다고 썼지. 그런 결말이 좋았어. 결국 너는 네가 가고 싶은 곳으로 가지 못하고, 네가 만든 세상이나 규칙은 네 마음대로 작동하지 않았지. 난 그게 스스로를 처벌하는 방식이라고 생각하지 않았어. 너무 많은 것을 바란 죄, 나쁜 상상을 한 죄, 뭔가를 끊임없이 기대한 죄의 값을 치르는 것처럼 보이지 않았어. 넌 그저 네가 쓴 것에서조차 튕겨 나가고 싶었던 것 같아. 시를 줄 테니까 "현실을 주세요"(「매드 해터」). 내가 상상한 것을 줄 테니까, 계속 줄 테니까 알려주세요. 거짓이 아닌 것을. 그렇게 말하면서 너는 불타는 도서관(「독서 유예」)을, 크레바스(「히든 밀키웨이」)를, 세상보다 긴 산책로(「산책로」)를 우리에게 줬지. 우리가 뭐라고 대답도 하기 전에, 사실 돌려줄 대답 같은 것이 없었는데. 너의 다음 말은 언제나 우리의 대답보다 일찍 도착해 있었어.

— 나도 내가 지어냈다는 사실을 알아요. 이건 그냥 내가 쓴

시예요. 나는 여기서 살 수 없고, 당신도 여기서는 살아갈 수 없어요.

네가 쓴 시는 화자를 언제나 시 밖으로 내동댕이쳤지. 시 밖으로 튕겨 나가는 느낌. 누구의 상상에도, 현실에도 속하지 않는. 시에게서 부정당하는 그 감각. 너는 그걸 계속 맛보고자 했지. 무한히 펼쳐지는 책이 등장하는 시(「독서 유예」) 속에도, 차도하 시인이 발 뻗고 살아갈 공간은 없었지. 왜냐하면 네게 필요한 세계는 시 바깥에 있었으니까. 네가 가고자 했던 곳은 오로지 바깥이었으니까. 나는 네가 하는 일을 사랑했어. 네 목소리를 사랑했어. 넌 언제나 거짓이 아니려고 했어. 누구보다도 자신의 삶이 거짓이었으면 하고 바랐던 너는, 절대로 시에게 의지하지 않았지. 너는 그냥 썼어.

— 괜찮아요. 집이 원래 엄청 더러우니까.

우리는 각자의 집에서 보이스 메신저로 대화를 하면서 같은 티브이 프로그램을 보고 있었다. 도하가 음식을 데워 먹으려다가 실수로 바닥에 쏟았다고 했다. 잠시 괴로워하더니 괜찮다고 했다. 집이 원래 개판이기 때문에 괜찮다고 했다. 도하는 모든 것이 엉망이라는 사실에서 해방감을 느꼈다. 나는 그 해방감이 슬펐다. 빛이 죽은 날, 빛을 죽이고 돌아온 날. 도하는 "빛이 있으라, 빛이 있으라…… / 중얼거리는 사내의 손을 잡고 / 없어도 돼요"(「쉘 위 댄스」) 안심시켰다. 나는 하나도 안심이 되지 않았다. 그냥 도하가 참 좋은 사람이라고만 생각했다.

내가 좋아하는 마지막은 어딘가에 내동댕이쳐지는 장면이 나오는 마지막이다. 주인공이나 화자가, 생명체나 무생물이, 어떤 감정이나 논리로부터 차분히 헤어지면서 끝나는 것이 좋다. 헤어지는 것이 내동댕이다. 나는 그래서 문학이 좋다. 마지막 문장이 있어서 무조건 헤어질 수밖에 없는. 뒤에 아무것도 없는. 마

지막이 항상 비정하고 슬프기를 바란다. 영화로 치면 롱테이크가 이어지는 거다. 누가 멀리서 걸어온다. 3분의 2쯤 걸어왔을 때, 갑자기 걸어오던 사람이 사라진다. 그리고 마음의 준비를 할 시간을 주지 않고 갑자기 끝이라는 글자가 뜬다. 그걸 보던 사람은 준비할 시간을 주지 않았다고 화를 낼 수도 있다. 하지만 이미 줬다. 이미 오랫동안 걸어왔다. 너무 오랫동안 걸어왔다. 우리는 시를 쓸 것이다. 계속 쓸 것이다. 바깥에서도. 다시 바깥을 위하여. 도하는 쓴다.

김승일(시인)

지은이 차도하

1999년 경북 영천에서 태어났다. 2020년 《한국일보》 신춘문예를 통해
작품활동을 시작했다. 산문집으로 『일기에도 거짓말을 쓰는 사람』이
있다. 『미래의 손』은 2023년 10월 22일 세상을 떠난 시인의 첫 시집이자
유고시집이다.

미래의 손

초판 1쇄 발행   2024년 5월 31일
초판 4쇄 발행   2024년 10월 31일

지은이   차도하

발행인   박지홍
발행처   봄날의책
등록   제311-2012-000076호 (2012년 12월 26일)
주소   서울 종로구 창덕궁4길 4-1, 401호
전화   070-4090-2193
전자우편   springdaysbook@gmail.com

유고 책임편집   강성은, 신해욱, 김승일
편집   남지은
디자인   전용완
인쇄·제책   세걸음

ISBN 979-11-92884-35-6 03810

이 책은 서울특별시, 서울문화재단 '2022년 첫 책 발간 지원사업'의
지원을 받아 발간되었습니다.

표지 그림은 이은새 작가의 〈발화여자〉(oil on canvas, 130.3 × 162.2 cm,
2014)입니다.